Les Loups du Millénaire

Traduit de l'anglais (États-Unis)
par Anaïs Papillon

TOME 1

SAPIR A. ENGLARD

Hugo Roman

Romantasy

ÉPISODE 1

L'ALPHA AU BORD DE LA RIVIÈRE

Tout ce que je pouvais voir autour de moi, c'était du sexe.

Partout où je me tournais, il y avait des corps qui frémissaient. Des membres qui bougeaient. Des bouches qui gémissaient.

Je courais dans la forêt, haletante, essayant d'échapper aux fantômes en chair et en os qui m'entouraient et qui semblaient me convoquer. Disant « rejoins-nous »…

Mais plus je m'enfonçais dans les bois, plus la forêt devenait sombre et vivante.

Certains arbres se balançaient comme des amoureux. D'autres, avec leurs racines noueuses et leurs branches grêles, ressemblaient à des prédateurs. Se rapprochant de moi. Me pourchassant.

Quelque chose dans l'obscurité me poursuivait. Quelque chose d'inhumain.

Et maintenant, les bouches ne gémissaient plus. Elles hurlaient.

Partout, des orgies grotesques devenant violentes. Sanglantes. Mettant la vie en danger.

D'une seconde à l'autre, l'obscurité allait me rattraper.

Le sexe allait m'étrangler.

Alors j'ai senti une racine serpenter autour de ma jambe, j'ai trébuché et suis tombée dans un trou béant au centre de la forêt. Mais ce n'était pas un trou.

C'était une bouche. Avec des dents pointues et une langue noire, se léchant les lèvres, sur le point de m'avaler tout rond.

J'ai essayé de crier, mais je n'avais pas de voix.

Je suis tombée.

Plus loin.

Plus profondément.

Jusqu'à ce que je ne fasse plus qu'un avec la folie violente et sexuelle… complètement consumée.

***

J'ai cligné des yeux. Que diable étais-je en train de dessiner ?

Assise au bord de la rivière, un carnet de croquis à la main, j'ai regardé, incrédule, mon propre travail. J'avais dessiné une vision des plus dérangeantes… et sexuelle.

Cela ne pouvait signifier qu'une chose : la Frénésie arrivait.

Mais avant que je puisse penser à ça, ou à mon dessin, un rire proche m'a distraite. Je me suis retournée pour voir un groupe de filles qui l'entouraient.

Aiden Norwood.

Je ne l'avais jamais vu ici avant. Jamais au bord de la rivière où je viens pour dessiner et me vider l'esprit. Il n'y a pas beaucoup de gens comme nous qui traînent par ici.

Pourquoi ? Je ne sais pas.

C'est peut-être le calme alors qu'on attend de nous qu'on soit sauvages. C'est peut-être l'eau, alors que chacun d'entre nous brûle d'un feu intérieur. Ou peut-être que c'est juste un endroit que j'ai toujours considéré comme le mien.

Un endroit secret où je ne fais pas partie de la meute. Où je suis juste moi, Sienna Mercer, une artiste autodidacte rousse de dix-neuf ans. Une fille apparemment normale.

L'Alpha s'est dirigé vers l'eau, ignorant le troupeau de filles qui le suivait. Il avait l'air de vouloir qu'on le laisse tranquille. Ce qui a excité ma curiosité. M'a donné envie de le dessiner.

Bien sûr, je savais que c'était risqué de dessiner l'Alpha. Mais comment pouvais-je résister ?

J'ai commencé à esquisser ses traits. Avec son mètre quatre-vingts, ses cheveux noir de jais ébouriffés et ses yeux vert doré qui semblaient changer de couleur chaque fois qu'il tournait la tête, Aiden était la définition même du mot appétissant.

Je commençais à peine à travailler sur ces yeux quand il a tourné la tête et reniflé.

Je me suis figée. S'il me voyait maintenant, s'il voyait ce que je dessinais…

À mon grand soulagement, il a regardé l'eau de nouveau, se perdant dans une sombre rêverie. Même entouré d'autres personnes, l'Alpha semblait seul. Je l'ai donc dessiné seul.

Je l'avais toujours observé de loin. Je n'avais jamais été aussi proche. Mais maintenant, je pouvais voir comment ses biceps dépassaient de sa chemise, comment sa colonne vertébrale se courbait pour s'adapter à sa transformation.

J'imaginais à quelle vitesse il pouvait se transformer. Penché en avant, les yeux fouillant comme ceux d'un animal féroce, il semblait, à ce moment-là, déjà à mi-chemin.

Un homme, oui. Mais, plus encore, un loup-garou.

Sa beauté m'a rappelé que la Frénésie approchait à grands pas. C'est la période de l'année où tous les loups-garous à partir de seize ans deviennent fous de désir, la saison où tout le monde, je dis bien tout le monde, baise comme des dingues.

Une ou deux fois par an, cette faim imprévisible, ce besoin physique, infectait tous les membres de la meute.

Ceux qui n'avaient pas de compagnon trouvaient un partenaire temporaire et s'amusaient.

En d'autres termes, personne de la meute de plus de seize ans n'était vierge.

En regardant Aiden maintenant, je me demandais si les rumeurs qui circulaient sur lui étaient vraies.

Si c'était une des raisons pour lesquelles il était là, ignorant les filles, à broyer du noir au bord de la rivière.

Certains disaient que cela faisait des mois qu'Aiden n'avait pas couché avec une femme, qu'il prenait ses distances avec tout le monde.

Pourquoi ? Une compagne secrète ? Non, les commères de la meute l'auraient déjà repérée.

Alors quoi ? Qu'est-ce qui arriverait à notre Alpha bien-aimé s'il n'avait pas de partenaire quand la Frénésie frapperait ?

Ce ne sont pas tes affaires, me suis-je réprimandée. Qu'est-ce que ça pouvait me faire de savoir qui Aiden baisait ?

Il avait dix ans de plus que moi, et comme la plupart des loups-garous, il ne s'intéressait qu'à quelqu'un de son âge.

Pour Aiden Norwood, l'Alpha de la deuxième plus grande meute des États-Unis, je n'existais pas. Je savais que j'avais raison de mettre mon béguin d'écolière de côté.

Michelle, ma meilleure amie, était déterminée à me trouver un copain de baise. Elle s'était mise en couple à l'avance, comme c'était courant chez les loups non accouplés avant la Frénésie.

Elle avait essayé de me caser avec trois des amis de son frère, qui semblaient tous parfaitement corrects et qui avaient été francs en disant qu'ils me pensaient apte à passer du bon temps au pieu, et Michelle ne comprenait pas pourquoi j'avais refusé chacun d'entre eux.

– Roh là là…

Je pouvais presque entendre la voix de Michelle résonner dans ma tête.

– Pourquoi es-tu toujours aussi difficile, meuf?

Parce que la vérité, c'est que j'avais un secret. À dix-neuf ans, j'étais la seule louve vierge de toute notre meute. J'avais traversé trois saisons, et peu importe à quel point je devenais folle de sexe, je n'avais jamais cédé à mes désirs charnels.

Je sais.

Ce n'est pas très louve de ma part de me soucier des « sentiments » et des « premières fois », mais je chérissais les miens.

Ce n'est pas que j'étais particulièrement prude. Dans notre société, ça n'existait pas. Mais, contrairement à la plupart des filles, je refusais de céder avant d'avoir trouvé mon compagnon.

J'allais le trouver.

Je gardais ma virginité pour lui.

Qui qu'il puisse être.

Je continuais à dessiner l'Alpha quand j'ai levé les yeux et vu, à ma surprise et à ma frayeur soudaine, qu'il n'était plus là.

– Pas mal.

Une voix grave à côté de moi.

– Mais les yeux ont besoin d'un peu de travail encore.

Je me suis retournée. Il était là, debout juste à côté de moi, examinant mon croquis…

Aiden.

Norwood.

Avant que j'aie pu reprendre mon souffle, il a levé les yeux et nos regards se sont croisés. Je me suis crispée en réalisant que j'avais un contact visuel direct et j'ai immédiatement détourné le regard.

Aucune personne saine d'esprit n'osait regarder l'Alpha dans les yeux.

Cela ne pouvait signifier que deux choses : Tu défies la dominance de l'Alpha – c'est-à-dire un désir de mort. Ou bien tu invites l'Alpha à faire l'amour.

Comme je n'avais l'intention de faire ni l'un ni l'autre, ma seule option était de détourner le regard avant qu'il ne soit trop tard et de prier pour qu'il ne se méprenne pas sur le sens de mon geste.

– Pardonnez-moi, ai-je dit doucement, juste pour être sûre. Vous m'avez surprise.

– Je suis désolé, a-t-il dit. Je ne voulais pas vous faire peur.

Cette voix. Même en prononçant les mots les plus polis qui soient, elle semblait chargée de menace. Comme si, à tout moment, il pouvait vous arracher la gorge avec ses dents humaines.

– C'est bon, a-t-il dit. Vraiment. Je ne mords pas… la plupart du temps.

J'étais si près de lui que j'aurais pu toucher ses muscles imposants et sa peau dorée. J'ai levé les yeux et jeté un coup d'œil.

Un visage brutal, anguleux, qui a priori n'aurait pas dû être beau mais qui l'était. Des sourcils épais qui semblaient grossiers au toucher, comme un indice de sa forme de loup-garou.

Et un nez, même s'il était légèrement tordu – sans doute cassé lors d'une bagarre – qui ne changeait rien à son apparence tellement sexy qu'elle en devenait douloureuse.

L'Alpha a fait un pas en avant comme pour me tester. J'ai senti tous les poils de mon corps se dresser de peur. Ou… était-ce de la tentation ?

– La prochaine fois que tu me dessines, a dit Aiden, approche-toi.

– Oh… OK, j'ai bafouillé comme une idiote.

Et puis, aussi vite qu'il était apparu, Aiden Norwood a fait demi-tour et a disparu, me laissant seule au bord de la rivière. J'ai soupiré, sentant tous les muscles de mon corps se détendre.

Ce n'était pas tous les jours que l'on rencontrait l'Alpha hors de la maison qui tenait lieu de quartier général à la meute. La plupart du temps, on le voyait lors de rassemblements ou de bals. Toujours dans le cadre d'un événement formel.

Ce qui s'était passé ici aujourd'hui était rare.

Je pouvais déjà constater, aux regards jaloux des fans adorateurs d'Aiden qui l'avaient suivi ici, seulement pour être ignorés, que cela pourrait rapidement devenir hors de contrôle.

Le moindre soupçon d'interaction avec une femme, surtout une jeune roturière comme moi, suffirait à mettre en ébullition les louves les plus excitées, qui démoliraient les murs de la maison de la meute juste pour le goûter.

Un événement de cette ampleur risquerait de stresser l'Alpha. Et un Alpha stressé signifie un Alpha dysfonctionnel, par conséquent une meute dysfonctionnelle… vous voyez le tableau.

Personne ne voulait ça.

J'ai décidé, avec le peu de lumière qu'il restait de la journée, de finir de dessiner pour me vider l'esprit. Juste moi et la rivière en paix.

Mais tout ce que je voyais, c'était les yeux d'Aiden Norwood.

Et je n'avais pas su les capter. L'Alpha avait raison. Je pouvais faire mieux.

Si je pouvais juste être… plus proche. Mais cela arriverait-il à nouveau ?

Je ne savais pas alors ce que je sais maintenant.

Que dans quelques heures, la Frénésie allait commencer.

Que j'étais sur le point de devenir une bête de sexe. Et qu'Aiden Norwood, l'Alpha de la meute de la côte Est, allait jouer un rôle très important dans mon éveil sexuel…

C'était assez pour faire hurler une fille.

ÉPISODE 2

LA FRÉNÉSIE

Maman : Ma chère Sienna. Où es-tu ?
Sienna : Maman, combien de fois je dois te le dire ?
Sienna : Tu n'as pas besoin de commencer les msgs par « ma chère ».
Maman : Mais c'est plus spécial comme ça ! Comme une lettre juste pour toi.
Sienna : 🌝
Maman : Dépêche-toi de rentrer !
Maman : Ta sœur est là. Elle a amené Jeremy. Tu sais ce que ça veut dire…
Maman : DES POTINS FRAIS.
Sienna : … cool ?
Sienna : Je serai bientôt de retour.
Maman : Super. Je t'aime, maman.

Sienna

Vous ne décidez pas où et quand la Frénésie vous frappe.

En voiture ? Garez-vous au plus vite ou vous provoquerez un carambolage.

Au travail ? Vérifiez l'heure et courez vers les collines, ou vous et votre patron pourriez devenir bien plus que des collègues.

En m'asseyant pour dîner, j'ai prié pour que cela ne me frappe pas pendant que j'étais avec ma famille, le pire endroit possible à mon avis.

Tout en aidant Selena à mettre le couvert et à servir le plat de lasagnes maison, j'ai jeté un œil vers la porte derrière moi, au cas où je devrais m'échapper de façon impromptue.

Je me suis installée à table avec toute la famille, qui était déjà au milieu d'une conversation animée.

– Qu'est-ce qu'il y a, Jeremy ? a dit ma mère en faisant un signe de tête au compagnon de ma sœur. Tu n'as presque pas dit un mot depuis que tu es arrivé. Comment va le travail ?

– Tu n'as pas à répondre à cette question, Maître, a dit Selena en lançant à maman un regard amusé.

Jeremy a ri.

– Eh bien, si tu demandes des ragots sur notre direction, Melissa, tu sais que je ne peux pas divulguer ce genre d'information.

– Pas même un signe de tête pour confirmer ou infirmer ?

– Maman ! a insisté Selena. C'est l'avocat en chef de la meute. Son travail est de garder leurs secrets.

Maman a soupiré.

– Mais… je n'ai pas besoin de savoir quoi que ce soit de vraiment important. Juste quelques potins. Comme… c'est vrai que notre Alpha et Jocelyn ne sont plus ensemble et qu'elle sort avec son Bêta, Josh ?

Selena et moi avons hurlé à l'unisson.

– Maman !

Jeremy a souri.

– Je plaide le cinquième amendement !

– Oh, vous n'êtes pas drôle, aucun de vous.

Cette femme se comportait davantage comme une adolescente que ses deux filles réunies. Mais on l'aimait encore plus pour ça. La plupart du temps.

– Tu pourrais me poser des questions sur mon travail, tu sais, a dit Selena.

– Je l'ai fait, n'est-ce pas ? a-t-elle demandé en avalant une bouchée de lasagnes. Je suis sûre de l'avoir fait.

Selena a levé les yeux au ciel. Maman avait toujours voulu qu'elle poursuive une carrière plus stable. La mode, selon ma mère, n'était pas un métier. Tout juste un hobby.

« Un jour, quelque chose est à la mode, le lendemain, quelque chose est démodé, disait-elle. C'est vrai pour les vêtements et pour toute l'industrie, Selena ! Pense à long terme. »

Eh bien, maintenant Selena avait réussi – prouvant que les années de conseils de maman n'avaient pas porté leurs fruits – et travaillait activement dans l'une des meilleures entreprises de création de mode de la ville.

Les arguments de maman ont toujours glissé sur Selena.

Elle est la version de moi plus jolie, plus intelligente et qui a le plus de succès.

Lorsque je le disais à voix haute, ce qui m'arrivait souvent, Selena me poussait gentiment et me répondait simplement : « Tu es encore jeune, Si. Donne-toi le temps. »

Mais lorsqu'il s'agissait de mes rêves, de ma future carrière de plus grande artiste du monde, je n'avais jamais été patiente. Un jour, j'allais ouvrir ma propre galerie.

Un jour, bientôt, je me l'étais promis. Je me fichais de ce que disait maman. Selena avait prouvé qu'elle n'avait pas raison sur tout.

– C'est bon, maman, a dit Selena en changeant de sujet. Les ragots sont plus intéressants de toute façon. En parlant de ça…

Les yeux de Selena se sont tournés vers moi. Je lui ai fait un signe silencieux de la tête. « Ne le fais pas. »

– Une idée de qui pourrait être ton partenaire pour la saison, Si ?

– Ooooh oui, a dit maman en se tournant vers moi. Qu'est-ce… ou devrais-je dire, qui est au menu cette année ?

– Une louve ne révèle jamais ses secrets, ai-je dit en jouant les timides.

Pendant une seconde, ma famille a semblé vouloir passer à autre chose.

J'avais une façon de faire ça, diriger les conversations, prendre le contrôle, attirer l'attention sur quelqu'un d'autre que moi. Bien que je sois la plus jeune, j'ai toujours eu cette capacité.

Mais ma mère a relancé.

– La voilà qui recommence, a-t-elle dit en secouant la tête. Notre petite dominante qui nous oblige toujours à nous soumettre à ses caprices. Allez, Si ! Dis-nous. Est-ce qu'il y a un garçon ?

– Certains d'entre nous aiment garder leur vie privée « privée », maman !

Maman a haussé les épaules.

– Il n'y a rien à cacher. Je sais que ton père attend avec impatience la Frénésie de cette année, n'est-ce pas, chéri ?

– Je compte les secondes, a dit papa en levant son verre de vin et en souriant avec malice.

– Les gars. S'IL VOUS PLAÎT. Tellement dégoûtant !

C'était dégoûtant, bien sûr. Mais ce n'était pas la raison pour laquelle ça me dérangeait autant. Ma mère a toujours été une créature sexuellement libérée. Non, ce que je n'aime pas, c'est le mensonge.

Quand je disais que ma virginité était mon secret, je le pensais. Même ma mère ne le savait pas.

Ce qui était bizarre parce qu'on avait toujours été très ouvertes l'une envers l'autre sur tout. Elle ne m'a jamais caché la vérité.

Ni sur la façon dont elle a rencontré papa, qui est un humain. Ni sur la façon dont ils ont eu leur seule et unique fille, Selena. Et certainement pas sur la façon dont ils m'ont trouvée.

Ils ne sont pas vraiment mes parents biologiques.

J'ai été découverte dans une voiture abandonnée devant l'hôpital où ma mère travaillait. Pas que ça ait de l'importance, maman l'a toujours dit.

J'étais sur le point de changer de sujet pour parler de n'importe quoi, n'importe quoi d'autre que la Frénésie, quand c'est arrivé.

Je me suis figée. Une chaleur lente et pulsée s'est allumée dans mon corps, comme s'il était en feu.

Impossible de respirer, la sueur couvrait chaque centimètre de ma peau et, avant que je puisse résister, la couture de mon jean s'est resserrée entre mes jambes.

J'ai frémi d'un désir soudain et insupportable.

MERDE.

Un souffle dur a quitté ma bouche avant que je puisse l'arrêter, et quand j'ai ouvert les yeux, que je ne me rappelais pas avoir fermés, j'ai vu que tout le monde dans la salle à manger avait la même réaction que moi.

Non, non, non.

Pas ici.

Pas entourée de ma famille.

La façon dont ma sœur fixait Jeremy. La façon dont ma mère s'est levée et s'est penchée vers mon père.

Je ne pouvais pas le supporter. J'ai couru hors de la pièce aussi vite que mes pieds pouvaient me porter.

La cuisine.

Le couloir.

La porte d'entrée.

Et je suis sortie dans la nuit fraîche où je me suis effondrée à genoux.

La Frénésie a rampé dans mon corps comme un serpent venimeux. Mes tétons se sont durcis et mon estomac a frémi, tordu par le désir.

Ma gorge était obstruée et je me battais pour respirer. Même dans la nuit venteuse, mes vêtements me collaient à la peau. Je voulais les enlever.

Je voulais des mains sur mes seins, sur mon ventre, sur mon sexe…

Oh mon Dieu ! La Frénésie n'avait jamais été aussi forte.

C'était probablement une accumulation de toutes les frustrations que j'avais réprimées au cours des trois dernières saisons.

J'aurais dû m'y attendre. Bien sûr, ça allait arriver. À quoi avais-je pensé ? Je n'avais pas réfléchi. Et maintenant, j'en payais le prix.

J'ai regardé derrière moi ma maison, un endroit où j'aurais normalement trouvé sécurité et confort. Mais pas en ce moment. Pas du tout. Mes parents étaient probablement déjà en train de profiter au maximum de la Frénésie.

Penser à Selena et Jeremy n'était pas beaucoup mieux. Mais ils agissaient plus comme des personnes, moins comme des loups, respectant les limites, l'intimité, les normes sociales.

Ils rentreraient probablement à leur appartement en ville avant de passer à l'acte.

Je les ai chassés de mon esprit et j'ai couru vers le sentier en direction des bois.

J'ai croisé des humains, totalement inconscients, vaquant à leurs occupations, et quelques loups qui étaient, comme moi, au premier stade de la Frénésie et essayaient de s'orienter.

C'était plus facile pour eux. Ils n'étaient pas vierges. Ils avaient eu beaucoup de sexe au cours des saisons précédentes. Pas pour moi. J'étais dans la Frénésie jusqu'à la moelle.

À l'entrée des bois, je me suis déshabillée. Je me fichais que quelqu'un me voie. J'avais besoin de me transformer.

Ici.

Et maintenant.

Normalement, j'avais le contrôle total quand je me transformais, mais pas quand la Frénésie prenait le dessus. Non. Je ne pouvais pas rester sous cette forme humaine plus longtemps.

J'ai fermé les yeux et j'ai ressenti le bonheur de me transformer.

D'habitude, je sentais chaque étape du changement : les membres qui s'étirent, les muscles qui se contractent, le corps qui devient grand, la fourrure rousse, assortie à mes cheveux humains, qui jaillit de ma peau. Me recouvrant entièrement.

Mais pas là. Là, je ne ressentais que la Frénésie.

J'ai respiré et ma voix était un grognement. Mes doigts, maintenant des griffes noires comme du charbon. Avec les yeux d'un loup, tout était plus agressif, plus violent.

Surtout maintenant. Alors que la Frénésie ne faisait que commencer.

Dans ma forme de loup, je me suis précipitée dans les bois.

Le vent froid soufflait sur ma fourrure, le sol dur était humide sous mes pattes et les odeurs des bois emplissaient mes narines.

Des hurlements ont résonné. Le genre non accouplé. Le genre qui cherchait un partenaire.

Je me suis maudite intérieurement. Dans ma fureur, j'avais oublié de penser aux implications.

Aller dans les bois au début de la saison, c'était comme demander à être baisé. Ces bois étaient comme un bar de collège. Que de la soif et des impulsions stupides.

D'une seconde à l'autre, un loup allait renifler mon odeur et reconnaître que je n'avais aucune attache. Il me traquerait jusqu'à ce que je cède. Et plus d'un, j'en étais sûre.

Un jeu, un défi, pour savoir qui pourrait gagner la louve sans partenaire en premier.

Même si mon corps me suppliait de ne pas le faire, je ne céderais pas si facilement. Ces loups pouvaient avoir autant de sexe qu'ils le voulaient. Je ne jugeais pas. Mais j'attendais.

J'attendais ce moment, cet instant, ce soudain regard indescriptible de reconnaissance quand deux loups se rencontrent et savent qu'ils sont faits l'un pour l'autre.

Je n'en pouvais plus d'attendre que ça m'arrive à moi.

Mais ici, dans les bois, au début de la Frénésie ? C'était peu probable, c'est le moins qu'on puisse dire.

Je suis devenue hyper-consciente des loups mâles, de leurs moindres mouvements, de leurs odeurs.

J'ai couru effrontément, libérant des phéromones dans l'air, les attirant plus près. Et bientôt, j'ai su qu'ils allaient me coincer.

Cinq d'entre eux. Tous des loups mâles affamés.

Mon corps aimait ça. Oh, il a toujours aimé ça.

Pendant une seconde, je me suis demandé si ça allait être l'année.

Est-ce que j'allais enfin céder ? À ces cinq mâles, les prendre tous en même temps ? Est-ce que j'allais enfin perdre ma virginité, ici et maintenant, au milieu de la forêt ?

Alors que la Frénésie prenait le dessus et que tous mes désirs d'attendre mon compagnon commençaient à s'évanouir, je me suis demandé ce qui m'en empêchait. Honnêtement ? Je le voulais.

Mais est-ce que je le voulais vraiment ?

ÉPISODE 3

UNE INVITATION

Sienna

Jamais de ma vie je n'avais eu autant envie de baiser. Je ne sentais pas seulement les cinq loups qui m'entouraient maintenant. Je pouvais les voir.

Un grand loup blond – un spectacle étrange si vous ne saviez pas qu'il était blond sous sa forme humaine – a contourné un arbre, se dirigeant lentement vers moi. Il était grand, mais ça ne faisait pas de lui un dominant.

Ses yeux, comme ceux de la plupart des loups, étaient d'un or brillant. Je suis une exception ; mes yeux sont d'un bleu glacial, aussi bien sous la forme de loup que lorsque je suis sous ma forme humaine.

À voir le regard appréciateur que le loup blond m'a lancé, il avait également reconnu leur caractère unique.

Les quatre autres tournaient autour de moi, je me suis sentie prise au piège. L'un d'eux s'est approché si près que j'ai pu sentir son nez sur mes fesses.

Les deux à ma droite grognaient avec une lubricité non dissimulée, celui à ma gauche se léchait les babines, et le grand blond devant moi était accroupi, prêt à bondir.

La plupart des loups-garous préfèrent faire l'amour sous forme humaine, mais ces cinq-là étaient des Embrumés et le voulaient maintenant.

J'étais sur le point de fermer les yeux et de m'abandonner à cette orgie violente et animale.

Mon corps a gémi quand le loup derrière moi a léché ma patte arrière. Je voulais que ces mâles me goûtent, qu'ils me baisent jusqu'à l'oubli… jusqu'à ce que je me souvienne de son visage.

Le visage d'Emily.

Juste un flash, et c'était suffisant. Comme si un seau d'eau glacée s'était déversé sur mon corps, je suis sortie de La Frénésie. Ce n'était plus qu'une chaleur sourde au fond de moi.

J'avais le contrôle.

J'ai grogné aussi fort que je le pouvais, pour m'assurer que ces loups savaient que je n'étais pas intéressée. Mais, comme tous les mâles, ils n'aimaient pas suivre les ordres. Ils ont continué à lécher et à se rapprocher.

Fatiguée de cette merde, j'ai grogné à nouveau. Le genre de grognement qui dit : « Pose une patte sur moi, et je m'assurerai que tu la perdes. »

Le loup blond devant moi a vu à mon expression que je ne plaisantais pas. Il s'est détourné. Les trois loups à mes côtés l'ont compris une seconde plus tard et ont reculé.

Le seul qui semblait avoir un problème pour lire – ou plutôt pour sentir – les signaux, c'était celui qui était derrière moi. Celui qui avait eu une bonne bouffée d'air. Il s'est à nouveau penché en avant.

– C'est ça, j'ai pensé.

Je me suis retournée à la vitesse de l'éclair et j'ai planté mes dents acérées dans son cou. J'ai serré fort jusqu'à le faire saigner.

Il a glapi de douleur, se débattant pour reculer, mais je ne l'ai pas lâché. Ce loup allait apprendre sa leçon aujourd'hui.

Ce n'est que lorsque j'ai senti que j'étais sur le point de lui arracher la jugulaire que je l'ai relâché. Le loup ne s'est pas arrêté pour me fixer.

Il savait qui était le chef maintenant, il s'est retourné et est sorti de là. Quand je me suis retournée, les quatre autres étaient partis.

Satisfaite, j'ai couru plus loin dans les bois. Je sentais l'odeur du sexe partout dans l'air.

Ma Frénésie a commencé à remonter, et j'ai continué à courir, en essayant de la réprimer. Je ne pouvais pas la laisser sortir. Pas encore.

Quand je suis revenue à l'endroit où j'avais jeté mes vêtements, je me suis transformée.

Cette fois, j'ai senti chaque détail atroce, les os s'amincir, le cou s'affiner, les pattes arrière s'étirer, les bras se plier et se déplier.

Et puis, c'était fini et j'étais à nouveau humaine.

J'ai pris une inspiration, recouvrant mes esprits, me tenant là, nue comme le jour où j'ai été créée. Je remercie Emily d'être venue à mon secours… aussi douloureux que soit ce souvenir.

Je n'allais pas abandonner, pas maintenant. Non, ce qui comptait, c'est que j'avais résisté.

Ma virginité était intacte. Sauvée pour celui que j'allais appeler mon compagnon. Même si la Frénésie n'était que le début…

– Mon Dieu !

J'ai poussé un soupir et j'ai rapidement remis mes vêtements.

Sienna

Selena : La voie est libre, sœurette.

Selena : J'ai été surprise de voir à quel point c'était court, d'après ce que j'ai pu entendre.

Sienna : Beurk.

Sienna : Trop d'infos.

Selena : Tu es vraiment coincée. Je suis contente que maman et papa soient toujours…

Sienna : STOP. STP.
Selena : 🥒🍓🐺
Sienna : Merci pour ça.
Sienna : Tu n'es pas rentrée chez toi ?
Selena : Je pars maintenant.
Selena : Tu as trouvé ton partenaire ce soir ? 😵
Sienna : Aucun.
Sienna : Ce ne sont pas tes affaires.
Selena : J'ai le sentiment que tu vas rencontrer ton compagnon cette saison.
Selena : Appelle ça l'instinct de la louve.
Sienna : J'en doute.

Selena a toujours eu un don pour voir le futur. Une sorte de sixième sens animal. Mais je ne voyais pas comment cet avenir pouvait être possible.

Moi, trouver mon compagnon ? J'avais passé toute la nuit dehors et je n'avais pas croisé un seul loup qui correspondait à la description. Il y avait encore du temps, bien sûr. Une saison entière.

Quand je suis arrivée à la maison, mes parents s'étaient déjà soulagés pour la nuit.

Mon père était assis dans le salon, il regardait les nouvelles, pendant que maman pliait le linge.

– Tu as à peine mangé, hein ? a demandé mon père.

– Je vais bien, j'ai répondu en me dirigeant vers les escaliers.

– Elle a eu sa dose, je parie, a dit maman en souriant.

– Dégoûtant, maman !

Encore une fois, j'ai ressenti une pointe de culpabilité de ne pas avoir dit la vérité à ma mère. Sur ma virginité. Sur tout. Mais je m'en suis vite débarrassée.

– Pourquoi Selena et Jeremy se sont enfuis ? Ils viennent d'arriver.

– Une réunion urgente à la Maison de la Meute, a dit maman. Curieux, n'est-ce pas ?

J'ai repensé à l'Alpha, que j'avais rencontré au bord de la rivière. À quel point ses yeux sombres avaient été menaçants.

Que se passait-il pour qu'ils aient besoin d'impliquer Jeremy, l'avocat de la meute ?

– Je me demande, je me demande… a dit ma mère, les yeux pétillants. Tu penses que toutes ces histoires sont vraies ? À propos de la vie amoureuse de l'Alpha ? Cela expliquerait pourquoi il a été si distant.

– Maman. Arrête de te mêler de la vie des autres.

– Oh, mais c'est tellement amusant. Tu devrais essayer un jour.

Avec Aiden Norwood, je devais admettre que l'envie de faire des commérages, de me mêler de tout, de savoir tout ce qu'il y avait à savoir, faisait déborder mon imagination. Rien que de penser à lui, la Frénésie se levait à nouveau. En rougissant, j'ai monté les escaliers.

– Je vais me coucher.

– Fais de beaux rêves, ma chérie, m'a dit maman. J'espère qu'ils seront très doux… si tu vois ce que je veux dire.

J'ai levé les yeux au ciel sans pouvoir m'empêcher de rire. Mais quand j'ai fermé la porte, éteint la lumière et me suis effondrée sur mon lit, je n'ai pu qu'imaginer Aiden Norwood.

C'était une torture. En m'endormant, j'ai prié pour ne jamais avoir à croiser l'Alpha à nouveau.

***

Sienna

Michelle : OMG. Tu as entendu…
Sienna : Entendu quoi ?
Sienna : ?????
Sienna : Tu ne peux pas envoyer une phrase comme ça et ne pas continuer.
Sienna : MICHELLE !
Sienna : HELLO ???
Michelle : L'Alpha invite des gens à la maison de la meute.

Sienna :
Sienna : Pas possible.
Sienna : Mais il n'y a pas de bal ou autre chose.
Michelle : C'est une loterie !!!
Michelle : Les invitations sont déjà sorties.
Sienna : Oh, donc genre cinq familles peuvent y aller, c'est tout.
Michelle : On ne sait jamais…

Je me suis retournée dans mes draps, en éteignant mon téléphone. Michelle était absolument obsédée par le fait d'avoir des scoops. Cela dit, elle récupérait ses informations plutôt dans les tabloïds.

Ça ? *C'était un de ces articles que tu ne lisais même pas, que tu parcourais juste en continuant à siroter ton café et en repoussant le moment d'aller au travail ou à l'école.*

Qui se souciait du fait que l'Alpha avait invité des familles choisies au hasard à la Maison de la Meute ?

Bien sûr, ça sortait de l'ordinaire, mais c'était juste un moyen pour les dirigeants de montrer qu'ils se souciaient de tous les membres de la meute.

C'était de la politique, je me suis dit. Et c'est tout.

Rien qui mérite un texto à 7h du matin.

Génial, j'ai pensé. Maintenant, je ne pourrais pas me rendormir même si j'essayais. Michelle n'avait pas pu s'empêcher de parler de l'Alpha.

Aiden et la Frénésie, mauvais combo.

Je me suis levée et je suis descendue, surprise de voir Selena, Jeremy, maman et papa réunis autour de la table de la cuisine, tous regardaient quelque chose.

– Qu'est-ce qui se passe ? j'ai demandé en me frottant les yeux, encore ensommeillée.

– Oh rien, a dit Selena. On est juste là, la bouche en cœur, pour s'amuser.

– De quoi tu parles ?

– Viens voir, imbécile !

Je me suis approchée, j'ai regardé le centre de la table et je me suis arrêtée dans mon élan.

C'était impossible.

Ce n'est pas possible.

Ce doit être une farce.

C'était une invitation à la Maison de la Meute.

– Pourquoi… pourquoi nous?

C'est tout ce que j'ai pu dire.

– Tu sais comment ça marche, a dit Selena. C'est une loterie. Ou alors… Jeremy l'a truquée.

– Je ne ferais jamais ça, dit Jeremy en riant.

Une idée irrationnelle m'est alors venue à l'esprit. Un soupçon idiot qui ne pouvait pas être fondé. Mais qui, l'espace d'un instant, m'a semblé si réel qu'il ne pouvait en être autrement.

Et si Aiden Norwood avait truqué la loterie juste pour me revoir?

C'est ça. De qui je me moque? Il n'y avait aucune chance que l'Alpha se souvienne de moi, et encore moins qu'il fasse tout ça.

J'étais juste une fille qu'il avait surprise en train de le dessiner… non?

Mais quand j'ai regardé Jeremy, il y avait quelque chose que je ne pouvais pas déchiffrer dans son expression. Quelque chose de suspect. Comme si c'était lié à moi d'une manière ou d'une autre.

Mais comment?

Je n'ai pas eu le temps de trop analyser le regard de Jeremy car ma mère nous a attrapées, Selena et moi, par les épaules, débordant d'excitation.

– Vous y croyez? Une audience privée avec l'Alpha!

– Pas tout à fait privée, a rappelé Jeremy. Il y a quelques autres familles qui viennent.

– Oh, quelle différence? Ça va être tellement amusant. Qui sait à quel point les choses pourraient devenir chaudes, déclara-t-elle en s'éventant avec l'invitation.

Amusant? Toute ma famille était-elle devenue folle? Non, ça n'allait pas être amusant.

Nous venions juste de commencer la Frénésie, et alors que mes parents et ma sœur avaient un partenaire pour… euh… – vous-savez-quoi –, ce n'était pas mon cas.

Ce qui serait évident pour tout loup-garou mâle non accouplé.

Je n'étais pas anti-sexe. J'étais tout à fait partante si je pouvais trouver mon compagnon. Mais penser que je le trouverais à la Maison de la Meute ? Impossible… Une louve vierge en chaleur ne peut pas supporter tout ça.

Je ne savais pas si d'autres familles étaient présentes au dîner, mais je savais qu'il y avait une personne qui n'était pas accouplée et qui était à la recherche d'un partenaire.

J'ai dégluti. Ça allait être un désastre.

ÉPISODE 4

LA ROBE

Aiden

Les fêtes. Mon Dieu, je détestais les fêtes. Ne te méprends pas. Je savais combien elles étaient importantes. Donner à la meute une chance de rencontrer leur chef ? De connaître, respecter et craindre leur Alpha ?

C'était essentiel.

Mais, normalement, nous n'avions à nous soucier que de deux événements par an. Le bal de Yule et le Solstice d'été. Ce dîner était l'idée de mon Bêta Josh.

Et, bien que j'aime ce bâtard blond et hirsute, la dernière chose dont j'avais envie, c'était d'organiser une fête supplémentaire.

– Alors, on veut la plateforme surélevée ou pas ? a demandé Josh en faisant les cent pas, les yeux fixés sur son bloc-notes. D'un côté, te faire asseoir au-dessus des roturiers renforcera ta supériorité. De l'autre, être au même niveau qu'eux rendrait votre relation plus…

– Josh, s'il te plaît, ai-je grogné en secouant la tête. Peut-on parler d'autre chose que de la disposition de la salle ?

Josh s'est arrêté, a posé son bloc-notes et m'a regardé droit dans les yeux.

Il était probablement le seul loup-garou de toute la meute à avoir assez de couilles pour établir un contact visuel direct avec son Alpha.

Mais c'est parce que, quand Josh m'a regardé, ce n'était pas comme un challenger.

C'était comme mon meilleur ami. Je savais la différence.

– Normalement, tu veux passer chaque détail en revue.

C'était vrai. Je règle chaque détail. Si tu es l'Alpha, tu dois prendre des décisions à chaque instant. À propos de tout.

Mais là, maintenant ?

– Je ne le sens pas, Josh, ai-je dit. C'est bon ?

– Bien sûr. C'est juste que… je pense que ce soir sera bien pour toi. Pour le moral de la meute. Et, qui sait, peut-être pour une femme chanceuse…

Il a souri malicieusement.

– Tu joues les entremetteurs avec moi, vraiment ? Ou c'est l'idée de Jocelyn ?

J'ai remarqué que le corps de Josh s'était raidi à la mention de sa partenaire. Elle avait été la mienne la saison précédente, mais il n'y avait pas de rancune. Nous étions tous les deux adultes.

Des frères de sang, en quelque sorte.

Josh s'est assis en face de moi, et j'ai su, devant ses bras croisés, que j'allais avoir droit à un de ses « discours d'encouragement ». *Super.*

– Écoute, Aiden, je sais que tu as traversé beaucoup de choses ces derniers temps, mec. La meute de la côte Est a fait face à de nombreux défis ces derniers mois. Tu commences une nouvelle saison sans compagne. Bon sang, tu n'as même pas choisi une partenaire avec qui t'installer.

J'ai senti mes lèvres se retrousser. Josh a dû le remarquer car il a baissé les yeux et a rapidement changé de sujet.

– Le fait est, a poursuivi Josh, que tu n'as pas été toi-même ces derniers temps. Je ne dis pas ça en tant que Bêta mais en tant qu'ami, mec. Je suis inquiet pour toi. Si tu ne trouves pas une compagne bientôt… si ta vie amoureuse est déséquilibrée, alors…

J'ai tourné la tête. Josh avait raison d'être inquiet.

Quand les Alphas n'ont pas de partenaire pendant la Frénésie – même juste une copine de baise fiable –, leur leadership en souffre.

En fait, tous les Alphas doivent trouver leur partenaire, sinon leurs pouvoirs s'affaiblissent lentement et ils sont remplacés par un Alpha plus fort.

Mais Josh ne savait pas tout.

J'avais un secret qui valait la peine d'être gardé cette saison. Une raison d'attendre.

– J'ai bien noté ton inquiétude, Josh, j'ai répondu en me tournant vers lui. Mais ne fourre pas ton nez dans ma vie privée, compris ? C'est ton Alpha qui te dit ça.

Je fixai Josh. Il y avait une tension palpable entre nous. Pendant une seconde, son regard s'est attardé. Et pas seulement en tant qu'ami.

Osait-il me défier ?

Mais, finalement, Josh a baissé les yeux et a hoché la tête.

– Bien sûr, mon Alpha, a-t-il dit tranquillement.

– Bien, ai-je dit, me sentant déjà mieux.

Je me suis levé et j'ai fait le tour de la table pour examiner le bloc-notes de Josh, jetant un coup d'œil à la disposition des sièges, une idée commençant à prendre forme.

– Si nous parlons de détails, il y a un petit ajustement que j'aimerais faire…

Sienna

Sienna : OK, les gars.

Sienna : L'heure des confessions.

Michelle : Tu as été invitée à la Maison de la Meute, tout le monde le sait.
Sienna : Quoi ? Comment ?
Erica :
Mia : Yasss salope.
Michelle : Désolée, bébé. Tu sais que je ne sais pas garder un secret.
Sienna : Tu es la pire, Michelle.
Michelle :
Mia : Alors, puisqu'on laisse tomber les
Mia : Harry et moi
Mia : Nous venons peut-être de nous… accoupler.
Sienna : WHAAAATTT ?!?
Michelle :
Michelle : Félicitations meuf ! (je l'avais vu venir)
Sienna : Je suis si heureuse pour toi, Mia !!!
Erica : Yay Mia !
Erica : Pourquoi suis-je la seule à ne pas avoir de nouvelles ?
Mia : Merci les meufs.
Mia : Mais… Si… tu ferais mieux de nous envoyer des nouvelles ce soir.
Michelle : Surtout si c'est au sujet de notre sexy Alpha…
Sienna : Pas de promesses.

Je sais que j'aurais probablement dû être distraite par l'événement de ce soir à la Maison de la Meute, mais je ne pensais qu'à Mia et Harry. Je n'arrivais pas à y croire.

Mia s'était accouplée avec Harry putain de Milton.

Pendant des années, les deux avaient été les meilleurs amis. Cent pour cent platoniques.

Le fait que maintenant, tout d'un coup, les deux ne faisaient pas que traîner ensemble… mais s'accouplaient vraiment ?

C'était inimaginable.

D'habitude, les partenaires savent dès qu'ils se regardent dans les yeux. Ils reconnaissent la connexion à un niveau plus profond, animal.

C'était vrai pour mes parents, pour Jeremy et Selena, pour presque tous ceux que je connais.

Il était plus courant que des couples deviennent amis après des années d'amour. Ce qui leur arrivait était dingue.

Une garce chanceuse, je me suis dit.

J'admets que j'étais un peu jalouse. C'était un rêve, trouver un compagnon qui sache déjà tout de vous, en qui vous ayez confiance. Ça semblait si merveilleusement simple.

Contrairement à ma situation sans sexe, sans compagnon, tout en nuage.

J'ai ouvert mon armoire et cherché quelque chose à me mettre pour le dîner. Je n'avais rien d'assez élégant.

Un coup à la porte de ma chambre a attiré mon attention.

– Je savais que tu étais désespérée, sœurette, a dit Selena en entrant. C'est pourquoi je suis venue préparer…

Dans ses mains se trouvait une magnifique robe de soirée, en soie vert clair, si longue qu'elle semblait ne jamais devoir finir. Je n'ai eu besoin que d'un regard pour savoir qu'elle était parfaite.

– Comment as-tu… ai-je dit.

– Je l'ai achetée pour un bal il y a deux ans, mais avec mon teint ? Ça ne marchait pas. Je ne l'ai jamais portée. Alors je l'ai gardée au cas où.

Je pouvais voir pourquoi cette robe ne lui allait pas. Selena était blond platine. Le vert appelle des cheveux roux. Comme les miens.

– Eh bien, s'est exclamée Selena, tu vas la regarder toute la journée ou tu vas te décider à l'essayer ?

Je n'ai pas hésité. J'ai enlevé mes vêtements et me suis glissée dans la robe. C'était comme si elle avait été faite pour moi.

Même si Selena et moi n'avons pas la même taille. Elle est grande et svelte, alors que je suis plus ronde.

Alors comment se faisait-il que j'avais la sensation que cette robe était faite pour moi.

– Je l'ai fait retoucher juste pour toi, a dit Selena, en me faisant un clin d'œil, comme si elle lisait dans mes pensées.

J'ai jeté un coup d'œil dans le miroir et je n'ai pas pu croire le reflet qui me fixait.

La robe se terminait gracieusement à mes chevilles, le dos généreusement ouvert s'effilait juste au-dessus des fesses et le devant accentuait mon décolleté.

J'avais raison pour la couleur. Mes cheveux roux et mes yeux bleus faisaient magnifiquement ressortir le vert de la soie.

– Papa va avoir une crise cardiaque.

Selena a rigolé.

– Tu es superbe. Mais…

Ouais. Je voyais ce qu'elle voulait dire. La robe était indéniablement sexy. Mais en ce moment, je m'en fichais. Rien ne m'avait jamais semblé plus juste au monde.

– C'est parfait, ai-je dit.

Selena a rayonné et m'a prise dans ses bras.

– Viens, on va la montrer à maman.

Il n'a pas fallu longtemps pour que maman et papa réagissent comme on l'avait pressenti.

– Tu es… À CROQUER ! a dit maman.

J'ai fait la grimace. Ce choix de mots ne pouvait pas être pire.

– Euh, oui, dit papa, regardant n'importe où mais pas directement vers moi. Très… belle. J'ai juste…

– C'est bon, papa, j'ai rigolé.

– Tu sais, a dit maman en s'approchant de moi, en te voyant dans cette tenue, j'ai failli oublier que tu n'as que dix-neuf ans. Je me demande… si un certain Alpha ressentirait la même chose.

– Maman, ai-je dit en levant les yeux au ciel. C'est juste une chance pour les sections locales de rencontrer leur dirigeant. On peut passer à autre chose ?

Encore une fois, mon influence sur la conversation de la famille semblait fonctionner.

Ils demandaient déjà à Selena ce qu'elle allait porter. Mais ma mère est vite repassée à son sujet préféré : les potins.

– Sienna, a-t-elle dit, ta mère qui se mêle de tout a entendu une petite rumeur. La raison pour laquelle notre Alpha bien-aimé invite tous ces étrangers dans sa Maison ? C'est pour se trouver une amoureuse pour la saison.

Et juste comme ça, ma bulle de bonheur a éclaté.

La dernière chose dont j'avais besoin, c'était qu'Aiden Norwood cherche une maîtresse ce soir et qu'il s'arrête sur moi. Surtout après notre rencontre fortuite au bord de la rivière.

Je n'allais pas être le jouet d'un loup, Alpha ou pas. Je voulais un compagnon pour la vie.

J'ai regardé ma mère d'un air renfrogné.

– Vraiment, maman ? Juste pour une fois, tu ne pourrais pas…

– Je dis juste ça ! s'exclama-t-elle, les mains en l'air, sur la défensive. Il n'a pas de partenaire pour cette saison. Est-ce si mal de fantasmer un peu, Sienna ?

Oui, maman. C'est mal. Et ce n'était pas un fantasme. L'idée de moi et de l'Alpha était ridicule. On avait déjà eu un contact visuel, et rien ne s'était passé. Donc il n'y avait aucune raison qu'il soit mon compagnon. Au mieux, il voulait juste… BAISER. Eh merde, maintenant, je pensais à nous en train de baiser.

Rien que l'idée était suffisante pour rallumer ma Frénésie. Elle avait été dormante jusqu'à présent, exactement comme j'avais espéré la garder pour toute la soirée.

Je ne pouvais pas me présenter à une meute de loups affamés comme… comme ça.

– Je dois aller me changer, ai-je bégayé en quittant la pièce en courant.

Ma mère a crié :

– Attends, Sienna. Je ne faisais que te taquiner !

J'ai claqué la porte de ma chambre, tout en essayant d'enlever la robe. Mais elle était si serrée. Et j'avais besoin d'aide.

Et… Et…

– Sienna.

J'ai entendu la voix de Selena de l'autre côté de la porte.

– Ne laisse pas maman entrer dans ta tête. Sois juste toi-même. Ça va être génial. Comme tu l'as dit, c'est parfait. Pas vrai ?

–… Bien, ai-je dit en calmant ma respiration. Merci, Selena.

J'ai attrapé un châle, pour couvrir mes épaules et minimiser le côté sexy de la robe.

J'espérais seulement que le temps que nous arrivions à la Maison de la Meute, la Frénésie se serait calmée…

Alors que nous roulions vers l'énorme manoir, vers la campagne tranquille, loin des lumières de la ville, ma famille discutait avec animation.

La Frénésie s'était à nouveau réveillée, elle avait pénétré chaque recoin de mon être. Comme si elle savait que ce qui m'attendait à cette soirée… valait la peine de se réveiller. J'ai supplié mon corps :

S'il te plaît, ne fais pas ça. S'il te plaît, pas ici. Pas maintenant.

Mais comme j'étais sur le point de le découvrir, mon corps avait d'autres plans…

ÉPISODE 5

LA FÊTE

Sienna : Je ne pense pas pouvoir le faire.
Sienna : Je ne peux pas aller à l'intérieur.
Sienna : Je perds la tête, Michelle.
Michelle : ?!?
Michelle : T'es sérieuse ?
Michelle : Les gens TUERAIENT pour entrer dans la Maison de la Meute.
Michelle : Qu'est-ce qui ne va pas ?
Sienna : Cette robe est ridicule.
Michelle : 🥺
Sienna : Et avec la Frénésie…
Michelle : Meuf, arrête. Tu es si sexy. Vas-y et amuse-toi.
Michelle : Tu pourrais même trouver un partenaire pour la saison !
Michelle : Qu'est-ce qui peut arriver de pire ?

Sienna

Le pire qui puisse arriver ? Oh, Michelle ! Je me suis dit : « Tu n'as pas idée. »

Nous venions de nous garer et nous dirigions vers l'imposante porte d'entrée de la Maison de la Meute.

Tout le monde était sur son trente-et-un. À chaque pas, je sentais mon destin approcher.

Je voulais faire demi-tour et rentrer chez moi.

Oui, même en talons. J'étais désespérée à ce point.

– Oh, ce sera si bon pour notre position dans la meute, a dit maman, inconsciente. J'ai tellement hâte de rencontrer l'Alpha. Je jure que si j'avais quelques années de moins…

Je l'ai suppliée.

– Maman, s'il te plaît. Arrête.

Heureusement, ma mère a vite été distraite par autre chose et je n'ai pas eu à expliquer pourquoi j'avais tant besoin qu'elle se taise.

La Frénésie était en train de me faire un numéro ! Toute la journée, j'avais essayé de la refouler, mais la Frénésie avait décidé que c'était le bon moment pour essayer de s'emparer à nouveau de mon corps.

Au moment où nous allions au dîner.

S'il te plaît, j'ai encore une fois supplié mon corps. *Je n'ai pas le temps pour ça.*

Va te faire foutre, a répliqué mon corps.

Pfff, j'avais des conversations avec mon corps maintenant ! C'était juste nul. Saleté de Frénésie !

Une hôtesse nous a accueillis et conduits dans la salle à manger.

Des lustres, des portraits d'anciens Alphas et une douzaine de tables, avec des couverts en argent dignes de la royauté. Pas d'une bande de roturiers comme nous.

Quand nous nous sommes assis, j'ai remarqué que notre table était la plus proche de celle de l'Alpha.

Une coïncidence ? Je me suis souvenue du regard étrange de Jeremy quand il a apporté l'invitation chez nous.

Mais je n'en ai pas tenu compte. Oui. C'était une coïncidence. Ça ne pouvait être que ça.

De ma place, j'avais enfin une bonne vue d'ensemble pour juger les autres dames présentes.

Je n'étais certainement pas la plus belle, ça c'était sûr. Il y avait d'autres jeunes femmes, de l'âge de l'Alpha, dans la trentaine, qui étaient tout simplement exquises.

Avec leurs jambes longues et fines, leurs lèvres pulpeuses et leurs yeux dorés étincelants, je savais que je ne pouvais pas me comparer.

J'avais des courbes, mes cheveux roux tombaient en bataille dans mon dos et mes yeux bleu glacé étaient moins… traditionnels, je suppose. Mais ce qui me manquait en sophistication, je sais que je le compensais en intensité brute.

Personne dans cette pièce ne brûlait plus fort. Pour le meilleur et pour le pire.

J'ai entendu une des femmes murmurer à ses amies :

– … Qu'est-ce qu'une fille comme ça fait ici ?

Elles ont ricané.

Des garces méchantes.

Ce n'est pas comme si elles étaient de la famille royale. C'est juste qu'elles se considéraient comme telles.

Je savais exactement ce que j'étais, et ce n'était certainement pas une louve à quatre pattes, suppliant d'être montée par un loup important de la meute.

Je représentais vraiment quelque chose.

Quelque part là-bas, il y avait un compagnon qui valait la peine d'être attendu. Quelqu'un qui me regarderait dans les yeux et me verrait vraiment. Quelqu'un qui, au premier regard, m'aimerait. Et que j'aimerais.

Ici, dans la meute ? Il n'y avait rien à voir.

J'avais presque déjà envisagé de partir sur-le-champ quand j'ai remarqué qu'un des garçons à une autre table regardait mon décolleté. Je ne pouvais pas expliquer pourquoi, mais j'étais flattée.

Juste à ce moment-là, une femme a franchi la porte et les yeux du garçon se sont immédiatement tournés vers elle.

Tout le monde, même les femmes, la dévisageait. Bronzée, grande, avec un cou de cygne, elle portait sa robe rouge avec la grâce d'une reine, pas d'un loup-garou.

– C'est elle ! chuchota Selena. C'est Jocelyn, l'ex d'Aiden Norwood. Et là, c'est son nouvel homme.

À côté de Jocelyn se trouvait un beau gosse blond aux cheveux hirsutes que tout le monde connaissait. Il était le Bêta de l'Alpha, son numéro deux. Josh Daniels. Il l'a embrassée sur la joue et a pris place à la table de l'Alpha.

Je me suis demandé si lui et Aiden pouvaient encore être amis puisque Josh sortait avec Jocelyn maintenant.

Cette pensée n'a pas duré longtemps parce que, l'instant d'après, Selena et Jeremy me prenaient par la main et me conduisaient vers eux.

Quoi ? !

Pourquoi ? !

Je n'avais pas demandé à être présentée à quelqu'un.

– Jocelyn, tu es radieuse comme toujours, a roucoulé Selena.

– Oh, Selena, tu me flattes. Tu es absolument magnifique dans cette robe, a répondu Jocelyn. Et qui est cette superbe fille ? Ta sœur ?

Jocelyn a saisi ma main, et je me suis soudain sentie pleine de l'énergie la plus chaleureuse et la plus curative qui soit. À tel point que même ma Frénésie a été tempérée.

– Ravie de te rencontrer.

Elle a souri.

– Je suis Jocelyn.

– Sienna, j'ai réussi à articuler.

Je savais, à ce contact, que Jocelyn devait être une guérisseuse. Malgré sa beauté, elle était deux fois plus gentille que la plupart des filles ici.

Mais avant que nous puissions continuer à parler, nous avons été interrompus par des chuchotements tout autour de nous.

Je me suis retournée pour voir l'événement de la soirée, M. Aiden Norwood, Alpha de la meute de la côte Est, entrer dans la salle à manger.

Il portait un smoking coûteux avec une cravate vert foncé, ce qui rendait le vert de ses yeux dorés encore plus évident.

Ses cheveux corbeau étaient ébouriffés, comme s'il venait de sortir du lit. Sa mâchoire était serrée dans un sourire agressif.

Je devais l'admettre… sa seule vue suffisait à faire mouiller les filles.

– Bienvenue, membres de ma meute, a-t-il dit, ne pouvant dissimuler un grognement dans sa gorge. Le dîner va bientôt commencer, alors asseyez-vous.

Même si sa déclaration était simple, genre gentleman, j'ai senti une menace sous-jacente dans chacun de ses mots. Cela m'a stressée. J'avais faim.

Il avait fait sortir ma Frénésie de son sommeil temporaire.

Avec un sourire en coin, l'Alpha s'est tourné vers son siège. Je n'ai pas pu le supporter.

Les flammes ont glissé le long de mon corps, se heurtant entre mes cuisses. Ma gorge s'est asséchée, mes joues ont rougi d'une nouvelle chaleur, et j'ai dû me mordre la lèvre pour m'empêcher de gémir. J'ai tenté de me raisonner :

Ressaisis-toi ! Tu ne vas pas perdre la tête devant tout le monde, compris ?

Aiden s'est assis à côté de Josh et Jocelyn et, à ma grande surprise, a discuté chaleureusement avec eux.

Donc les rumeurs étaient fausses. Ce n'était pas ce qui le torturait.

Alors quoi ?

Je savais une chose ou deux sur la torture en ce moment. La Frénésie était en train de me déchirer tranquillement.

Pendant la saison, tout le monde savait qu'un loup-garou non accouplé pouvait sentir si quelqu'un était en train de la subir.

Si je ne faisais pas attention, si je laissais ma Frénésie prendre le dessus, ces hommes non domestiqués commenceraient à me sentir.

Tout sauf ça, j'ai supplié mentalement. *Je ne peux pas supporter cette humiliation.*

Être frénétique en public, c'était comme inviter le monde entier à vous baiser.

Alors que le premier plat était servi, le loup-garou non accouplé qui servait notre table m'a reniflé et ses yeux se sont allumés, ce qui signifiait que j'avais commencé à dégager l'odeur de la Frénésie.

Le visage en feu, j'ai plissé les yeux en signe d'avertissement et j'ai soutenu son regard pour lui montrer que je n'étais pas intéressée.

Il était mignon, ne vous méprenez pas, mais je ne me réservais pas pour un serveur à un dîner.

Il s'est immédiatement éloigné. Un gars intelligent.

J'étais sur le point de laisser échapper un soupir de soulagement quand j'ai senti le regard de quelqu'un d'autre sur moi.

Je n'ai pas osé lever les yeux.

Ce regard, d'où qu'il vienne, avait un pouvoir d'attraction puissant.

Il semblait intensifier la Frénésie, la magnifier. Il me rendait encore plus brûlante, si c'était possible.

J'ai couiné, incapable de le supporter. Ma culotte était soudain humide et mon estomac s'est contracté, rendant tous les autres muscles de mon corps tendus également.

– Tu ne manges pas ?

J'ai presque sursauté quand maman m'a parlé. Je me suis retournée pour lui offrir un sourire crispé et j'ai hoché la tête en serrant les dents.

– Une minute.

Maman, inconsciente de ma douleur, a haussé les épaules et pris une bouchée de son saumon. Il avait l'air délicieux, mais ma faim était fixée sur autre chose que la nourriture.

Les yeux étaient toujours braqués sur moi. Je pouvais le sentir. Et, pire, maintenant je pouvais sentir que les autres me regardaient aussi.

Mon odeur flottait dans tout le hall, attirant l'attention de tous les loups non accouplés, demandant à être apaisée. Je n'avais pas le choix.

Je devais sortir. *Maintenant.*

Je me suis levée, j'ai murmuré un « excusez-moi » tendu, laissant mon châle sur la table, et j'ai marché aussi vite que possible hors de cette satanée salle à manger.

Je savais que c'était contraire au règlement de s'excuser au milieu du repas, surtout en présence de l'Alpha. C'était une sorte d'insulte à Son Altesse Royale.

J'en avais rien à foutre.

J'ai pratiquement sprinté jusqu'aux toilettes. Heureusement, elles étaient vides. J'ai verrouillé la porte de la cabine et me suis appuyée sur le mur, en respirant fortement.

La fine couche de soie qui me couvrait était de trop. Ma culotte était de trop. Tout était de trop.

Avant de pouvoir m'en empêcher, j'ai remonté ma robe jusqu'à ma taille. J'ai glissé ma main sous ma culotte, et au contact de mon doigt sur mon clitoris, j'ai presque explosé.

J'ai commencé à masser, et je n'ai pas pu m'arrêter. La chaleur était partout. À l'intérieur et à l'extérieur, me consumant.

Je m'étais masturbée de nombreuses fois avant ça. C'était le seul moyen de traverser chaque Frénésie sans perdre la tête. Mais je l'avais toujours fait dans l'intimité de ma chambre.

Jamais avec autant de loups affamés dans les parages.

Jamais dans les toilettes de cette putain de Maison de la Meute.

Je n'ai pas pu retenir le gémissement qui s'est échappé de ma bouche au contact de mes lèvres humides.

La tension, le besoin, le feu, c'était angoissant. J'allais exploser, pour de vrai cette fois.

Mais la porte des toilettes s'est ouverte, et des pas ont résonné sur le sol carrelé. Pas le clic aigu des talons de femmes. Le bruit plat et sourd de… chaussures de ville.

Je me suis figée, et mon cœur a claqué dans ma poitrine.

Alors que j'étais sur le point d'engueuler la personne qui avait décidé d'entrer dans les toilettes et de lui dire de me foutre la paix, une voix grave et profonde m'a devancée.

– Je peux sentir ton excitation, femme.

Ma respiration s'est arrêtée.

Oh. Putain. L'Alpha se tenait juste devant ma cabine.

ÉPISODE 6

LA MARQUE

Sienna

Il m'avait flairée dans la salle de bal. Il avait flairé ma Frénésie et m'avait suivie jusqu'ici.

Mais Aiden Norwood pouvait-il sentir qu'en ce moment même, à un mètre de là, uniquement séparée par une fragile porte métallique, j'étais assise avec ma culotte autour des chevilles, à deux doigts de l'orgasme ?

– La Frénésie peut frapper aux endroits les plus imprévisibles, a-t-il grogné.

Son ton amusé m'a mise en fureur. Avant que je puisse m'en empêcher, je me suis emportée contre lui.

– Où veux-tu en venir ?

Oh là là ! Personne ne parle à l'Alpha de cette façon. Qu'est-ce que j'ai, un désir de mort ?

J'ai lentement retiré mes doigts. Mon corps gémissait de frustration, mais mon esprit – Dieu merci, il fonctionnait encore – reprenait le dessus.

Alors que je me penchais pour remonter ma culotte, Aiden a chuchoté, comme s'il n'y avait pas de porte entre nous :

– Alors, femme ? Pourquoi tu ne t'en occupes pas ?

Il ne demandait pas. Il commandait.

Un pur mâle Alpha dans la force de l'âge, ordonnant à l'un de ses membres de statut inférieur de rentrer dans le rang. M'appelant « femme » comme si je n'avais pas de nom. Condescendant.

Je me suis redressée, réajustant ma robe, incapable de contrôler ma colère.

– Qu'est-ce qui te donne le droit de me parler de cette façon ? De venir dans les toilettes des femmes pour me dire comment je dois me comporter ? Pour qui te prends-tu ?

Je n'ai pas eu le temps de regretter mes paroles ou d'implorer mon pardon, car la porte s'est ouverte.

Et il était là.

Aiden Norwood, dans toute sa gloire, à la fois terrifiant et beau. Il me regardait fixement, ses yeux vert doré flamboyants, son comportement empestant l'agressivité.

Heureusement que j'avais remonté ma culotte à temps, sinon qui sait ce qui serait arrivé.

– Pour qui je me prends ? a-t-il demandé. Faut-il te le rappeler ?

J'ai réalisé que l'Alpha n'était pas seulement en colère. Il était Frénétique.

Les questions se bousculaient dans mon cerveau, mais je n'avais pas le temps d'y répondre. Parce que sa Frénésie a fait ressurgir la mienne avec une intensité soudaine, insupportable.

Bientôt, ma colère a fondu sous l'effet de sa chaleur.

Accablée. Je voulais, je suppliais, j'avais besoin qu'il s'approche.

Comme s'il pouvait lire dans mes pensées, il l'a fait en entrant dans la cabine.

Mon cœur menaçait d'exploser dans ma poitrine, mes jambes sont devenues flageolantes.

– Q… q… que fais-tu ? j'ai bafouillé.

Il s'est avancé.

– Tu sais qui je suis ? Dis-le.

– Tu es le… l'Alpha.

– Mon nom.

Est-ce que j'allais oser ? Personne n'était censé prononcer ce nom en dehors de ses conseillers les plus proches et de ses partenaires sexuels.

Non. J'ai secoué la tête, refusant de céder. Forçant ma Frénésie à résister. Non.

J'ai essayé de l'esquiver et il a levé une main pour me bloquer :

– De quoi as-tu peur ?

J'ai essayé de repousser sa main, mais il a attrapé mon poignet.

J'aurais dû avoir peur. J'aurais dû être terrifiée d'être coincée par un loup-garou – par l'Alpha – dans une cabine de toilettes.

En vérité, Aiden Norwood n'avait certainement pas l'intention de me forcer à faire quelque chose contre ma volonté. Je pense qu'il sentait très bien le besoin absolu de ma Frénésie pour lui.

Il voulait savoir pourquoi je résistais alors qu'aucune fille ne lui avait jamais résisté jusque-là.

– S'il te plaît… laisse-moi partir, ai-je dit, la voix tremblante.

– Tu oses donner des ordres à ton Alpha ?

– J'ai dit « s'il te plaît », n'est-ce pas ?

Je n'en revenais pas de ma propre audace.

Pour la première fois, j'ai pu voir son visage de près. Le tourment nageait dans ses yeux vert doré. Il semblait vraiment réfléchir à ma demande. C'est alors que ses narines se sont mises à piquer.

Il a porté mes doigts – ces doigts qui venaient d'être en moi – à son nez.

En sentant leur odeur, j'ai senti sa Frénésie palpiter en lui.

– Tu étais… a-t-il commencé.

– J'essayais de m'en occuper. Comme tu l'as dit.

– Pourquoi, quand un homme peut faire tellement plus ? a-t-il dit dans un murmure rauque.

L'allusion m'a fait lever les yeux au ciel. Je n'ai pas pu m'en empêcher.

J'ai gémi.

C'était tout ce qu'il fallait.

Une seconde plus tard, l'Alpha m'avait plaquée contre le mur de la cabine. Mes jambes ont quitté le sol et se sont enroulées autour de son torse.

Il m'a serrée de plus près, et j'ai senti son excitation.

La mienne a envahi tout mon corps. C'était la première fois qu'un homme me touchait de cette façon. Je me suis sentie étourdie, folle et plus du tout moi-même.

Puis il a pressé ses lèvres contre mon cou et, au lieu de m'embrasser, il m'a léchée. Il a dévoré chaque goutte de transpiration scintillante.

C'était trop dur à supporter.

– Ne… Je…

Mais j'étais impuissante à résister à la Frénésie qui nous avait piégés tous les deux.

J'ai senti son bas-ventre se presser contre mes sous-vêtements humides, et j'ai gémi de plaisir, de douleur, de tout ce qu'il y avait entre les deux, mon esprit n'étant plus brouillé que par le sexe.

Ses mains. Mon Dieu, ses mains ! Elles ont quitté mes poignets, se sont glissées sous ma robe et ont attrapé mon cul nu.

Chaque centimètre de ses grandes mains chaudes et calleuses semblait être à sa place.

Avant de savoir ce que je faisais, le bas de mon corps a commencé à se frotter contre le sien, le faisant grogner.

Mes bras se sont enroulés autour de son cou. J'avais besoin de le toucher, de le tenir, de presser chaque partie de moi-même contre lui.

Je le voulais comme je n'avais jamais rien voulu au monde jusque-là.

Et puis, je l'ai vu sur ses lèvres : un sourire en coin. Un regard complice qui semblait dire : « Je savais que je pouvais t'avoir. » L'autosatisfaction, la suffisance… ça a rompu le charme, c'est sûr.

Aveuglée par la colère et le dégoût, j'ai grogné et me suis débarrassée de ses bras. La Frénésie était toujours là, mais mon esprit s'était enfin libéré. Je pouvais à nouveau penser.

– Qu'est-ce qu'il y a, femme ? a-t-il dit, amusé.

Femme ! Encore une fois, faisant de moi une autre personne qu'il pouvait baiser et éliminer.

– Lâche-moi, ai-je dit entre mes dents serrées. Je suis sérieuse, cette fois.

– Tu es sûre de ça ?

Encore une fois, il s'est collé contre moi. Il a fallu que je résiste à l'envie de gémir.

Aiden Norwood, l'Alpha de la meute de la côte Est, se frottait contre moi, Sienna Mercer, ici dans les toilettes de la Maison de la Meute.

Comment avais-je pu me perdre comme ça ? Pendant trois ans de Frénésies, j'avais été capable de me contrôler. De tenir bon et de refuser toutes les tentations. Jusqu'à maintenant.

Comment avais-je pu perdre pied, et avec l'Alpha en plus ?

Une partie de moi se demandait pourquoi je ne pouvais pas juste en profiter. Mais une autre partie, plus intelligente, connaissait la raison. Cet homme n'était pas mon compagnon.

De cela, j'étais certaine.

– Je sais que tu es l'Alpha, j'ai grogné. Je sais que je suis supposée me soumettre. Mais…

Il a souri.

– Tu ne le feras pas. Je sais. C'est ce que j'aime.

J'ai froncé les sourcils. C'était une surprise. Ce qui était encore plus surprenant, c'est qu'un instant plus tard, il s'est exécuté.

Il m'a laissée descendre et a ouvert la porte, en faisant un geste comme pour dire : « Vas-y. »

Mais ses yeux disaient quelque chose de complètement différent. Ils semblaient dire : « Ça ne fait que commencer. »

Je n'ai pas hésité. On m'avait accordé une échappatoire et j'avais l'intention de la saisir.

Baissant les yeux et adoptant une posture soumise, pour montrer mon respect pour sa volonté de coopérer, j'ai défroissé ma robe et me suis précipitée hors des toilettes.

Lorsque la porte s'est refermée, je pouvais encore sentir les yeux vert doré d'Aiden Norwood me transpercer le dos. Qu'est-ce qui venait de se passer ?

***

Quand je suis retournée m'asseoir, j'ai remarqué que certains yeux me suivaient avec suspicion.

Le fait que je me sois enfuie du réfectoire et que l'Alpha m'ait suivie quelques minutes plus tard n'était clairement pas passé inaperçu.

Ma mère a été la première à me détailler de la tête aux pieds.

–Est-ce que quelque chose vient de… Chérie, tes cheveux…

Merde ! Avec mes yeux au sol, je n'ai pas pensé à me regarder dans un miroir et à m'assurer que j'aie l'air… Je ne sais pas. Présentable ? Pas comme si je venais de baiser l'Alpha ?

En repoussant des mèches de cheveux derrière mes oreilles et en regardant mon assiette, j'ai essayé de forcer ma mère à passer à autre chose.

Mais je savais que si je pouvais encore sentir l'Alpha sur moi, ma mère le pouvait probablement aussi.

–Pouvons-nous, s'il vous plaît, juste manger en silence ?

Après une seconde, heureusement, maman s'est exécutée, me laissant tranquille.

Et bientôt, la pièce a retrouvé une ambiance bruyante, où je pouvais me fondre dans le décor et faire comme si rien ne s'était passé.

Quand Aiden est revenu dans la pièce, personne n'a plus fait attention à moi.

Je me suis dit que j'allais peut-être en sortir indemne, tant au niveau de ma réputation que de mon corps.

Peut-être…

Une fois le dîner terminé et les formalités accomplies, entre autres celle où les familles rencontrent individuellement l'Alpha et son Bêta, ce que j'ai évité, notre famille s'est préparée à partir.

J'étais presque sortie de là sans encombre.

C'est alors que j'ai réalisé que j'avais laissé mon châle dans la salle à manger. Merde !

–J'ai oublié quelque chose. Je reviens tout de suite, leur ai-je dit. Allez-y et démarrez la voiture.

– Bien sûr, ma chérie, a dit mon père.

Lui, ma mère, Selena et Jeremy sont sortis pendant que je courais pour récupérer mon châle.

J'avais une peur bleue qu'Aiden Norwood soit encore dans le hall, que je me retrouve à nouveau face à lui.

Mais, à ma grande surprise, la salle était déserte.

J'ai pris mon châle et suis retournée vers la sortie de la Maison de la Meute.

Le couloir menant à l'extérieur était vide à présent. J'entendais certaines familles, de l'autre côté de la porte, discuter entre elles.

Mes doigts avaient touché la poignée de la porte quand je l'ai sentie. Une présence imminente juste derrière moi. Une odeur que j'ai reconnue.

Non, non, non…

– Avant que tu partes, a chuchoté Aiden Norwood à mon oreille, j'ai quelque chose pour toi.

Sentir son souffle chaud sur mon cou m'a fait frissonner à la fois de plaisir et de dégoût.

– Je te l'ai dit, ai-je protesté, sur le point de me retourner. Je ne suis pas…

Mais avant que je puisse dire un autre mot, l'Alpha a posé sa bouche au creux de mon cou et de mon épaule. Et, avant que je puisse l'arrêter, il l'a fait.

Il m'a mordue.

Le genre de morsure qui prendrait des mois à s'estomper.

Le genre de morsure qui rendrait évident, pour tous les loups-garous du monde, à qui j'appartenais. Le genre de morsure qui disait que j'étais à lui.

Aiden Norwood venait de me marquer.

– Tu es à moi pour la saison, a-t-il chuchoté. Si un autre homme te touche, je le tue.

Puis il s'est retourné et m'a laissée là, à l'entrée de la Maison de la Meute.

Je ne savais pas si je voulais lui faire l'amour ou le tuer.

L'un des deux allait se produire, c'était sûr.

ÉPISODE 7

LES FILLES

Quatre ans plus tôt

Sienna

Quand quelqu'un sourit en public, tout seul, sans raison apparente, sans se soucier du monde, cela ne peut signifier qu'une chose : il est amoureux.

C'est ce que j'ai vu quand j'ai regardé Emily, ma meilleure amie, assise à l'arrêt de bus, qui m'attendait en tapant distraitement ses chaussures l'une contre l'autre. Un grand sourire niais sur son visage.

J'ai crié en lui faisant signe.

– Em !

Elle s'est retournée, tirée de sa rêverie, et s'est levée. Elle m'a souri, mais c'était un sourire différent. Un sourire plus discret, plus familier.

Très éloigné de l'éclat du sourire qu'elle gardait pour elle.

– Hé, Si, a-t-elle dit en me serrant rapidement dans ses bras. Alors, quel est le programme d'aujourd'hui ?

– Une nouvelle galerie que je meurs d'envie de visiter. Viens !

Je me suis dit que j'allais l'interroger en chemin. Lui donner une seconde pour se remettre d'abord. Après tout, l'amour n'était pas une priorité dans ma vie ces jours-ci.

Je n'avais que quinze ans. La Frénésie ne démarrerait pas avant un an. Rien au monde ne pouvait m'inquiéter à ce moment-là.

Mais ça ne veut pas dire que je n'étais pas curieuse. Alors que nous prenions un raccourci au milieu de la ville, je n'ai pas pu me retenir plus longtemps.

– Alors, ai-je dit en regardant Emily, tu as quelque chose à partager, Em ?

– Quoi ? (Emily a répondu trop vite.) Je… ne sais pas de quoi tu parles.

Pas très convaincante ! Ses joues rouges et ses yeux vifs trahissaient le secret qu'elle cachait.

J'ai insisté :

– Allez, Em. C'est moi. Tu sais que tu peux tout me dire.

Emily a soupiré, les yeux rivés au sol, tapant dans une pomme de pin. Mais je savais qu'elle allait céder. Nous étions meilleures amies. On n'avait jamais eu de secrets. Pourquoi Emily commencerait-elle maintenant ?

– Tu jures de ne le dire à personne ?

– Sur ma vie.

Et je le pensais. Les yeux d'Emily ont finalement rencontré les miens et j'ai vu un soupçon de ce sourire radieux se faufiler aux coins de sa bouche. Elle pouvait à peine se contenir.

– Tu te souviens que je t'ai dit que je voulais coucher avec quelqu'un avant que la Frénésie commence ?

– Oui, ai-je dit. Pour que ce soit moins un choc, c'est ça ?

– Oui. Eh bien… je pense que j'ai peut-être… rencontré quelqu'un.

Je me suis arrêtée, bouche bée, et j'ai attrapé le bras d'Emily.

– Tu es sérieuse ! je me suis exclamée. QUOI ? Quand ? Comment ? Qui ? Je veux des détails.

Emily a rigolé.

– Je vais tout te dire, Si.

– Une chose à la fois.

Je savais, je l'avais vu dans le regard d'Emily tout à l'heure, qu'il y avait quelqu'un. Mais je n'aurais jamais pensé que c'était… ce genre de personne. Le genre de personne avec qui tu perds ta virginité.

– Dis-moi juste une chose, j'ai ajouté, en devenant sérieuse. Tu es sûre que c'est le bon ?

– Non, a admis Emily. Mais il est plus âgé. Plus expérimenté, ce qui me plaît. Parce que cela signifie qu'au moins l'un de nous saura ce qu'il fait.

On a gloussé une seconde et on a continué à marcher. Mais j'avais tellement de questions.

– Attends. Plus âgé de combien, Em ?

– Dix ans.

– Waouh. Tu ne plaisantais pas.

– Mais ça n'a pas d'importance. Il est grand, et beau, et tellement sûr de lui, mon Dieu ! Quand je parle, c'est comme s'il écoutait vraiment. Avec une telle… intensité.

À voir son expression et le sourire sur son visage, je me suis dit qu'elle avait raison. Son âge ne comptait pas du tout.

Mon amie était en train de tomber amoureuse.

Et j'allais être là pour elle.

J'ai attrapé sa main.

– Je suis si heureuse pour toi, Em.

– Je veux dire, on verra, a-t-elle dit. Qui sait s'il veut la même chose ?

– Regarde-toi, Em, ai-je dit, en l'éloignant de moi. Comment pourrait-il résister ?

– Vous autre les dominants ! a-t-elle dit en levant les yeux au ciel.

Et maintenant nous rigolions tous les deux, main dans la main, en route pour l'endroit où l'après-midi nous mènerait, nos plans pour voir la galerie étaient oubliés depuis longtemps.

Nous étions toutes les deux inarrêtables. Ensemble, nous laisserions notre empreinte sur le monde.

***

Je me suis réveillée en sursaut, la tête encore embrouillée par les souvenirs. Ma main s'est immédiatement portée sur mon cou, gonflé et meurtri.

Merde. Emily était peut-être un rêve, mais cette marque n'en était pas un. C'était un putain de cauchemar.

Un torrent de textos a illuminé mon téléphone qui s'est mis à vibrer comme un fou.

Michelle : Meuf !
Michelle : Réponds à ton putain de téléphone !
Sienna : Argh Michelle, il est si tôt.
Sienna : Qu'est-ce qu'il y a ?
Michelle : Tu as des explications à fournir.
Sienna : ???
Michelle : Bouge ton cul chez Winston.
Michelle : On sera toutes là.
Michelle : 

Je me suis retournée dans mon lit en gémissant. La dernière chose que je voulais faire, c'était bien d'affronter un interrogatoire de mes amies. Après la nuit dernière, après avoir été marquée par l'Alpha…

Oh, mon Dieu. Comment allais-je couvrir cette marque ?

Quand je me suis regardée dans le miroir, j'ai gémi à la seule vue des dégâts.

La morsure était une tache bleue massive sur mon cou, plus grande que toutes les morsures que j'avais jamais vues.

Ça ne faisait pas mal. En fait, ça picotait, presque avec une sensation charnelle. Chaque fois que je la touchais, je sentais à nouveau les dents d'Aiden Norwood.

Je me suis débarrassée de cette sensation et j'ai commencé à m'habiller. J'ai attrapé la plus grande écharpe que j'ai pu trouver et l'ai enroulée autour de mon cou.

Au moins, voir Michelle et les filles me ferait oublier l'Alpha.

Une distraction, c'était exactement ce dont j'avais besoin.

***

Quand je suis arrivée au Winston, pour le brunch de notre groupe, toute l'équipe était déjà réunie.

Michelle, qui avait un nouveau partenaire à chaque Frénésie, discutait avec les filles de sa dernière conquête. Pour l'instant, je pense que l'heureux élu était…

Ralph ?

Russell ?

Non, Ross. C'était ça. Difficile de les garder en tête quand il s'agit de Michelle.

Ne vous méprenez pas. Ce n'est pas comme si Michelle était une traînée. Elle était juste incroyablement à l'aise avec sa sexualité et ne laissait personne lui dire ce qu'elle pouvait ou ne pouvait pas faire.

Michelle qui avait essayé de me caser avec trois de ses amis, Michelle qui faisait circuler les potins.

–Elle est là ! s'est-elle exclamée quand je suis entrée.

–Hé, les filles, ai-je dit en m'asseyant et en ajustant mon écharpe, un peu gênée.

J'avais réussi à me faufiler hors de la Maison de la Meute sans que personne ne le remarque la nuit dernière et j'avais l'intention de garder la marque de l'Alpha secrète aussi longtemps que possible.

Avant qu'elles puissent commencer à me questionner sur l'événement, j'ai remarqué Mia. Elle était positivement rayonnante. J'ai attrapé ses mains.

–Mia, je suis tellement, tellement heureuse pour toi et Harry.

–Merci, Si.

Elle a souri.

–J'ai du mal à croire que c'est réel. Une seconde, vous êtes meilleurs amis, la suivante…

–Vous vous sautez mutuellement au cou, a complété Michelle en donnant un coup dans les côtes de Mia.

Mia a commencé à se déhancher, mimant le sexe au milieu du restaurant.

–Carrément !

–Alors, quand aura lieu la cérémonie d'accouplement ? Vous avez choisi un endroit ? j'ai demandé.

Elle a souri.

–Dans quelques mois. Je ne suis pas vraiment inquiète à ce sujet. La famille d'Harry a un tas de propriétés. Les avantages de s'accoupler avec le fils d'un magnat de l'immobilier !

–Ça doit être bien, ai-je dit en riant.

–Ouais, ça doit être bien, a répété Erica, sans rire du tout.

Erica n'avait jamais été douée pour cacher son amertume. Une autre saison sans partenaire semblait la rendre plus frustrée sexuellement que d'habitude.

Nous avons toutes essayé de l'ignorer, sachant que c'était juste l'effet de la Frénésie. D'habitude, Erica était la fille la plus douce du monde.

Ce n'était pas facile d'être seule pendant la Frénésie, je peux en témoigner. Mais pour l'instant, j'avais de plus gros problèmes. Et il semblait que Michelle était sur le point de les découvrir.

–Très bien, a dit Michelle, reprenant la conversation. Nous avons évité le sujet assez longtemps. Allez, Sienna. Parle-nous.

–C'était… j'ai commencé, essayant de trouver ma meilleure stratégie d'évitement. Bien. Pas si différent du bal de Yule ou du Solstice d'été. Juste moins de gens. Un peu plus intime.

–Intime, hein ? a demandé Michelle en souriant.

Je n'aimais pas le regard complice qu'elle avait dans les yeux. Mais ce n'était pas comme si elle pouvait savoir. Personne ne le savait. Personne n'avait vu l'Alpha me marquer. J'en étais sûre.

–Ouais. Ma famille a eu un peu de temps avec les dirigeants de la meute. C'était bon pour notre position. C'est tout.

–Ce n'est pas ce que Michelle a dit… m'a interrompue Erica.

–Quoi ?

Je me suis tournée vers Michelle.

–Bon sang, Erica, s'est moquée Michelle. Tu ne pouvais pas te taire et laisser Sienna nous le dire elle-même ?

–Vous dire QUOI ?!

Je n'ai pas réalisé que je criais jusqu'à ce que tout le resto se taise et se tourne pour nous regarder. Je n'étais pas en colère. J'étais enragée. Comment ça avait pu arriver ? Comment quelqu'un avait-il pu le savoir ?

– Sienna, a dit doucement Michelle, ce n'est pas une grosse affaire. Nous avons entendu dire que toi et l'Alpha aviez eu un petit moment tous les deux, c'est tout. Des gens vous ont vus quitter la salle à manger au même moment et…

J'étais tellement en colère que j'ai dû desserrer mon écharpe, et ce faisant, j'ai vu les yeux de Michelle s'écarquiller.

– Attends, a-t-elle dit. Qu'est-ce que c'est ?

Merde ! Comment ai-je pu être aussi stupide ?

Je n'aurais jamais dû quitter ma chambre pour le reste de la Frénésie. Sortir en public avec cette énorme et affreuse marque sur le cou ?

J'aurais aussi bien pu porter une pancarte disant : « Je suis foutue, merci de demander des détails. »

Le pire, c'est que tant que j'étais marquée comme ça, la plupart des loups mâles m'éviteraient. Cela signifiait une autre saison sans trouver mon vrai compagnon…

Une autre Frénésie sans personne à qui s'identifier. Avec une morsure, Aiden m'avait enlevé tout ça.

Comprenant que je ne pourrais pas éviter la conversation plus longtemps, j'ai soupiré et défait lentement mon écharpe. Quand les filles l'ont vue, elles ont toutes sursauté et porté les mains à leur bouche.

– Ce n'est pas… a commencé Michelle, incrédule.

– Ouaip, ai-je dit. L'Alpha m'a marquée la nuit dernière. Je suis à lui pour la saison. J'ai de la chance, non ?

Cette dernière partie, je l'ai prononcée avec beaucoup de sarcasme. Mais j'ai pu voir à l'expression du visage d'Erica que ce n'était pas apprécié. Elle s'est renfrognée.

– Tu pourrais être plus reconnaissante, a-t-elle dit. Être marquée par l'Alpha, c'est une grosse affaire, Si.

– Je sais, j'ai juste…

– Tu plaisantes, c'est génial ! s'est exclamée Michelle.

Mia m'a taquinée :

– Merde, Sienna, toujours à essayer de me surpasser !

J'ai soupiré, ne sachant pas comment expliquer ça.

Le problème, c'est qu'aucune des filles ne connaissait mon secret. Personne ne savait que j'étais encore vierge. Alors comment le formuler d'une manière qu'elles comprennent ?

– Il n'a pas demandé, ai-je dit. Il m'a juste... mordue. Comme si j'étais sa propriété, et c'était tout.

– Sienna... a dit Michelle en secouant la tête. Je sais que tu aimes édicter tes propres règles. Mais, mec, je tuerais pour avoir une chance de baiser l'Alpha. Tu rigoles ? Je ferais tout ce qu'il veut. De plus, maintenant qu'il t'a marquée, ce n'est pas comme si tu avais le choix, non ? Personne n'osera t'approcher pour le reste de la saison.

Et maintenant, je pouvais voir que, même si Michelle était jumelée avec Ross pour la Frénésie, il y avait de la jalousie dans ses yeux. Surtout pour le statut, je me suis dit.

Personne, ni Michelle, ni Mia, ni Erica, ne comprendrait.

J'étais sur le point d'essayer de trouver un moyen de changer de sujet quand j'ai reçu un texto qui a rendu les choses encore pires.

Si c'était possible.

Selena : Une invitation de l'Alpha adressée à TOI.
Selena : J'ai dit à maman de la laisser, mais tu sais qu'elle est si curieuse...
Sienna : Qu'est-ce que c'est ?
Sienna : Qu'est-ce qu'il veut ?
Selena : Si...
Selena : Il veut que tu emménages avec lui.

Je n'ai pas pu le supporter.

Avant de comprendre ce qui se passait, j'ai sauté sur mes pieds et je me suis enfuie du restaurant sans dire au revoir à mes amies.

ÉPISODE 8

LA CONFRONTATION

Sienna

J'ai filé tout droit vers la Maison de la Meute où j'étais sûre de trouver Aiden. Quand j'ai atteint la porte d'entrée, je me suis arrêtée pour renifler l'air.

Tout sentait les loups-garous et les humains, la végétation et les véhicules puants. J'ai froncé les sourcils. Je sentais tout, sauf la seule odeur que je cherchais. *Son odeur.*

Est-il possible que les femelles marquées ne puissent pas sentir ? Ce ne serait pas une jolie cerise sur le gâteau dans le monde déjà macho des loups-garous ?

Le garde m'a jeté un regard suspicieux, alors j'ai affiché mon plus beau sourire féminin et me suis avancée.

– Excusez-moi, ai-je dit avec élégance, M. Norwood est-il ici ?

– Pourquoi voulez-vous le savoir ?

– Parce que j'aimerais le voir.

Normalement, mon sens de la conversation – mon trait dominant le plus efficace – devait faire l'affaire.

Mais ce garde semblait avoir été entraîné à y résister.

–Avez-vous pris rendez-vous? a-t-il demandé d'un ton condescendant. Beaucoup de jeunes filles veulent voir M. Norwood.

Je n'avais pas le temps pour ça.

–Vous allez me laisser entrer, ai-je grogné. Maintenant.

Alors que mon expression s'assombrissait, j'ai laissé un de mes doigts se transformer en une longue griffe noire.

Je n'avais pas besoin de le menacer. Le garde savait exactement à qui il avait affaire. En tâtonnant pour sortir sa carte-clé, il a ouvert la porte d'un coup sec et m'a laissée passer.

–Merci, ai-je répondu, et ma main a repris sa forme humaine.

Sur ce, je l'ai dépassé et suis entrée dans les locaux de la Maison de la Meute.

Quand j'ai franchi les portes, une nouvelle rage brûlait en moi, mes yeux de louve brillaient d'un éclat bleu dans ma forme humaine.

Aiden devait savoir qu'il avait marqué la mauvaise femme.

Les gens que je croisais s'écartaient sur mon passage alors que je me dirigeais vers les escaliers. Avant de monter les marches, je me suis arrêtée pour le renifler à nouveau.

La première odeur qui m'a frappée fut l'odeur stérile de la pièce, puis les odeurs des autres loups-garous et des humains. J'ai laissé échapper un grognement de frustration jusqu'à ce que, soudain, une bouffée d'essence boisée, d'arôme d'herbe et de cocktail d'agrumes me parvienne.

Le parfum était hypnotisant. Il piquait ma peau et me mettait l'eau à la bouche, mais je me suis vite débarrassée de ces charmes aromatiques.

Aiden Norwood pensait qu'il pouvait me commander comme une fan girl baveuse parce qu'il était l'Alpha. Il ne pouvait pas avoir plus tort.

J'ai suivi l'odeur jusqu'au troisième étage, où je suis arrivée devant une grande porte en chêne. J'ai entendu des voix étouffées de l'autre côté. J'ai mis mon oreille sur la porte. Je l'avais trouvé. L'Alpha.

Aiden

Je me suis adossé à ma chaise tandis que Josh faisait les cent pas dans la pièce, se préparant à une sorte de grand discours.

Je n'y prêtai qu'à moitié attention. Quelque chose d'autre avait éveillé mes sens.

Jocelyn, Nelson et Rhys regardaient en silence. Ils savaient qu'il valait mieux ne pas interrompre Josh quand il était sur le point de se lancer.

–Josh, crache le morceau, ai-je grogné.

–Aiden, a-t-il commencé en se penchant sur mon bureau, nous sommes inquiets pour toi, et pas que nous. Les autres membres de la meute commencent à le remarquer. Ce ne sont pas seulement des rumeurs et des commérages maintenant. Les gens remettent en question ta capacité à diriger. Ils pensent que tu es compromis. Une meute ne peut pas fonctionner quand ses membres commencent à remettre en question leur Alpha.

J'ai remué dans mon siège, bandant mes muscles au cas où il aurait oublié ma force.

–Josh, il n'y a aucune raison de s'inquiéter. J'ai trouvé quelqu'un.

–Tu as marqué une jeune de dix-neuf ans que tu connais à peine. Comment je ne suis pas censé être inquiet après ça ? Tu devais chercher ta compagne, pas t'amuser avec une adolescente qui a le béguin.

–Tu ne la connais pas non plus, a interrompu Jocelyn. Tu ne devrais pas la juger.

Josh a jeté un regard noir à Jocelyn, en pinçant les lèvres.

–Je n'essaie pas de faire un procès à cette fille. Je dis juste que l'avenir de cette meute est plus grand que celui de n'importe lequel d'entre nous.

–Aiden ferait tout pour la meute. Remets-tu en question son leadership ? a demandé Rhys, sur la défensive.

Comme toujours, Jocelyn a rapidement calmé tout le monde.

–Je doute que Josh ait voulu remettre en question la loyauté de quiconque, mais il soulève un point important. Aiden, que vas-tu faire ?

–Cette mélancolie est derrière moi maintenant, je vous le promets.

J'ai envisagé de leur dire la vérité, mais il était peut-être encore trop tôt. Or, je connaissais Josh, je ne pouvais pas continuer à lui donner des réponses évasives.

–Tout ce que je veux, c'est que tu sois honnête avec nous, a répondu Josh. Qu'est-ce qui se passe avec toi ces derniers temps ?

Avant que je puisse répondre, la porte du bureau s'est ouverte avec fracas.

Sienna

Tout en contrôlant le mieux possible mon côté loup, j'ai pénétré dans la pièce. À vingt pas de là, derrière un énorme bureau, était assis l'homme que j'étais venue voir. Il n'était pas seul, mais je m'en fichais.

Tous les regards se sont tournés vers moi, y compris celui d'Aiden, qui était toujours aussi beau.

Malgré mon entrée fracassante, il n'a pas semblé surpris par mon arrivée. Il avait dû me sentir dès que j'avais franchi les portes de la Maison de la Meute.

Ma rage avait atteint son point d'ébullition, et j'ai laissé échapper un hurlement féroce qui a secoué la pièce.

–Toi, ai-je grogné, montrant mes dents et soutenant son regard.

Les yeux d'Aiden se sont rétrécis et il s'est levé de derrière le bureau pour me faire face.

–Je me demandais quand tu allais te montrer, a-t-il dit. Plus tôt que je ne l'avais prévu. Je suis flatté.

Si j'avais été complètement transformée, mon poil se serait levé devant son arrogance.

–Flatté ? C'est ce que tu crois ? Que je suis là pour toi ? j'ai grogné, sans rompre le contact visuel.

– Sinon, pourquoi serais-tu ici ? Dans mon bureau ? Entouré de mes dirigeants ?

– Pour te montrer, ai-je craché, que je n'ai pas peur de toi.

Aiden a haussé un sourcil, faisant un pas en avant.

– Non ? a-t-il dit. Tu devrais peut-être avoir peur.

J'ai senti un frisson de malaise me parcourir l'échine. Les yeux de l'homme étaient enivrants. Mais son grognement était celui d'un prédateur carnivore. Je ne serais pas sa proie.

– Tu es peut-être l'Alpha, ai-je dit lentement, mais je ne t'appartiens pas.

– Cette marque sur ton cou dit le contraire.

J'en avais assez de ses jeux. Alpha ou pas, personne ne me parlait comme ça et s'en sortait indemne.

J'ai pointé mes griffes vers son cou, mais il a attrapé mes poignets avant que je puisse les enfoncer dans sa peau.

J'étais sur le point de lancer un genou quand il m'a fait tourner et m'a plaqué contre son bureau.

Ses hanches se sont pressées contre moi tandis qu'une main retenait les deux miennes et que l'autre maintenait ma mâchoire fermée.

– Dehors, a-t-il lancé, et pendant une seconde, j'ai cru qu'il parlait de moi jusqu'à ce que j'entende des pas et que je me rappelle qu'il y avait d'autres personnes dans la pièce.

Maintenant, nous étions complètement seuls.

Il s'est penché pour que je puisse sentir la chaleur de son souffle sur mon cou.

– Restreins ton loup, a-t-il ordonné.

Je n'étais pas prête à céder et j'ai grogné entre mes dents. Il m'a attrapée plus fort et s'est pressé contre moi, donnant vie à ma Frénésie.

– Femme, a-t-il murmuré en posant ses lèvres sur la marque qu'il m'avait faite. Je t'ai dit que tu étais à moi, et je le pensais. Accepte-le, cède.

J'ai grogné à nouveau, mais cette fois avec moins de conviction.

Il a senti ma Frénésie prendre le dessus et a tendu un doigt, taquinant ma lèvre inférieure.

Un léger soupir s'est échappé de ma bouche. J'ai fermé les yeux alors que le bout de son doigt dansait sur mes lèvres humides.

– C'est mieux, a-t-il repris, engloutissant ma marque avec sa bouche, faisant se contracter mon abdomen, durcissant mes mamelons, m'enflammant.

Avant que je ne le sache, mon côté loup a disparu, ne restaient plus que la Frénésie et ses exigences charnelles. *Maudit soit-il.*

– Je ne veux pas me battre avec toi, a-t-il dit en retirant ses lèvres de ma peau brûlante, mais ne me défie plus jamais en public.

– Mais te défier en privé, ça va ? j'ai marmonné, luttant contre les tremblements qui me traversaient alors que la bosse croissante dans son pantalon frottait contre mon sexe douloureux.

Il a ri, le son était enivrant.

– Oh, j'y compte bien, a-t-il dit, d'une voix qui m'a caressée dans tous les sens du terme. C'est pourquoi je t'ai marquée.

– Donc, c'est juste un jeu pour toi ? j'ai répliqué en essayant de me libérer de son emprise.

– Tu ne t'amuses pas ? m'a-t-il taquinée en déposant un baiser chaud dans mon cou.

Mais bien sûr ! Quelle idiote j'étais de penser qu'il pouvait réellement s'intéresser à moi alors qu'en réalité je n'étais rien de plus qu'un nouveau défi.

Une autre femme soumise pour qu'il la domine et s'en vante auprès de ses hommes.

Eh bien, je n'allais pas être sa petite diversion amusante pour la saison.

La Frénésie qui avait pris vie il y a quelques instants s'est évanouie aussi violemment qu'elle était venue. S'il voulait une poursuite, il en aurait une.

À partir de maintenant, ma mission était de faire d'Aiden Norwood le loup-garou le plus frustré sexuellement de toute l'Amérique du Nord.

– Non, en fait, pas du tout, ai-je dit fermement. Lâche-moi.

Il s'est rapproché.

– Tu vas emménager avec moi ?

– Non. *Quel connard !*

Il a encore ri, mais cette fois, ça m'a donné envie de le frapper.

– Je ne pensais pas. On dirait que je vais devoir te chasser avant toute chose.

– Au moins l'un de nous s'amuse, ai-je répondu. Maintenant, lâche-moi. Je ne dirai plus jamais « s'il te plaît ».

– Comme tu veux, a-t-il dit en relâchant la pression sur mon corps, mais tôt ou tard, la Frénésie te frappera à nouveau et tu auras envie de mon contact comme jamais auparavant.

Je me suis levée et l'ai poussé hors du chemin. Un léger sourire en coin sur son visage me narguait.

– Tu peux essayer de me chasser, Alpha, mais ne t'attends pas à réussir.

Il m'a regardée partir, mais avant que j'atteigne la porte, il m'a appelée d'un ton bas et grondant :

– Sienna.

Je me suis retournée. Je ne l'avais jamais entendu dire mon nom avant.

– Appelle-moi Aiden.

Une fois de plus, j'ai établi un contact visuel avec lui. Ses yeux étaient plus dorés et moins verts que je ne les avais jamais vus. Mais je ne voulais pas lui donner cette satisfaction.

Je me suis retournée et j'ai passé la porte. Je l'ai entendu me narguer :

– La chasse est ouverte…

ÉPISODE 9

La guérisseuse

Sienna

Quand je suis rentrée à la maison, ma mère était radieuse.

– Selena m'a dit que tu viens de rendre une petite visite à la Maison de la Meute pour voir quelqu'un de spécial ?

Oui, il était certainement *spécial*. Un genre spécial de répulsif. Si seulement elle savait quel connard arrogant était Aiden !

– Tu ne devrais pas croire tout ce que Selena dit, ai-je répondu.

Je voulais me réfugier dans ma chambre, mais je n'ai pas été assez rapide.

– Qu'est-ce que tu as au cou ? a demandé ma mère.

Merde, j'avais complètement oublié de me couvrir avant de rentrer à la maison !

– Je… euh…

– Oh, allez, chérie. Je suis ta mère. Je sais tout.

Elle a rigolé.

J'ai soupiré.

– Michelle a ouvert sa grande bouche, n'est-ce pas ?

– Ne blâme pas Michelle. J'aurais préféré que tu me le dises, toi, mais tu es tellement secrète ces derniers temps. Y a-t-il autre chose que tu aimerais partager ?

J'ai jeté un coup d'œil à ma mère, je me suis détestée.

Elle voulait juste être proche de moi, savoir ce qui se passait dans mon monde. C'était dans son sang d'être ouverte sur tout. Selena était exactement comme elle.

Mais moi ? Comme j'ai été adoptée, j'ai quelques traits de caractère qui me sont complètement et totalement propres. Cela inclut mes cheveux roux, le fait de garder des secrets et, bien sûr, mon ascendant pas si subtil sur les gens.

Quand je pensais à ces différences entre ma mère et moi, mon cœur se serrait un peu.

Qui m'avait fait comme ça ? Mes mystérieux parents étaient là, quelque part.

Je me demandais s'ils étaient roux. S'ils étaient secrets ? Et surtout, s'ils étaient comme moi, exceptionnellement puissants ?

– Il n'y a rien à partager, ai-je menti, mettant de côté toutes ces pensées éparses.

Je n'étais pas prête à révéler que j'étais le « défi » d'Aiden Norwood pour la saison.

De plus, suffisamment de gens m'avaient vue faire irruption dans la Maison de la Meute à moitié transformée pour qu'elle soit déjà au courant de ce qui s'était passé.

– Pourquoi es-tu de si mauvaise humeur ? Tu devrais être rayonnante. C'est un honneur d'être marqué par l'Alpha, et de… eh bien… tu sais… a-t-elle ajouté en faisant un clin d'œil.

– Beurk, dégoûtant !

– Sienna, je ne comprends pas. Il est incroyablement beau. C'est quoi le problème ?

– Pourquoi tu ne vas pas coucher avec lui ? j'ai rétorqué en la repoussant.

Et j'ai claqué la porte d'entrée derrière moi.

J'avais besoin de m'éloigner de tout le monde avant d'exploser. Ils ne connaissaient que le Aiden Norwood de leurs fantasmes, celui qu'ils voyaient de loin. Aucun d'entre eux ne le connaissait comme moi. L'Alpha égocentrique qui marquait les filles pour le plaisir. Sans parler de cette stupide Frénésie qui me faisait fondre dès qu'il s'approchait.

Je voulais revenir en arrière et n'être jamais allée à ce stupide dîner. Ma vie aurait été tellement plus facile, mon secret bien gardé.

Quand j'étais dans cet état, j'allais à la rivière pour me vider la tête, mais c'était un endroit de plus qu'Aiden avait gâché.

Il ne me restait qu'un seul refuge : la petite galerie d'art que j'avais découverte avec Emily lors d'une de nos promenades. On aurait pu passer à côté si on ne l'avait pas cherchée car, de la rue, on ne voyait qu'une vieille porte métallique avec une peinture bleue écaillée.

J'y ai couru aussi vite que mes jambes pouvaient me porter.

***

Épuisée, je me suis effondrée sur le banc en cuir rouge de la galerie. Je respirais fort pour essayer de reprendre mon souffle. J'étais en train d'enlever mon manteau quand mon téléphone s'est mis à vibrer.

Michelle : Hé ! tu vas bien ?
Michelle : Ta mère m'a dit que tu étais sortie de la maison en courant, bouleversée.
Sienna : Oui, je vais bien.
Michelle : Tu es sûre que ça va ? Tu étais de mauvaise humeur au brunch.
Michelle : Il y a quelque chose que tu ne me dis pas ?
Michelle : C'est à propos d'Aiden, n'est-ce pas ?
Sienna : Je te l'ai dit, je ne veux pas en parler.
Sienna : Ma mère me posait toutes ces questions…
Sienna : J'avais besoin de sortir de là.

Michelle : Sienna, qu'est-ce qui se passe vraiment ?
Michelle : Tu peux me le dire.
Sienna : Ça ira mieux demain, promis.
Sienna : J'ai juste besoin de me vider la tête.
Michelle : Où es-tu ?
Sienna : Je suis allée faire un tour dans les quartiers chics.
Michelle : Retrouvons-nous pour parler.
Sienna : J'ai un peu envie d'être seule en ce moment.
Michelle : Envoie-moi un SMS quand tu rentres, OK ?
Sienna : Bien sûr.
Michelle : Je suis là pour toi, sale garce xoxo. 😘

Michelle voulait bien faire, mais elle était trop obsédée par les garçons pour comprendre. C'est pourquoi j'avais toujours aimé pouvoir me tourner vers Emily. Je pouvais lui dire n'importe quoi, elle écoutait simplement. Je n'ai jamais eu l'impression d'être jugée quand je lui parlais.

L'expo sur le mur était un assortiment de collages mixtes. Certains étaient des paysages urbains, d'autres des portraits de gens ordinaires.

Un tableau en particulier résumait parfaitement mes émotions actuelles. C'était une lithographie d'une jeune fille en habit du dimanche. Elle avait un regard lointain qui me parlait, et un fatras d'ordures et d'objets trouvés, que l'artiste avait collés sur la toile, jaillissait de sa tête.

La porte s'est ouverte derrière moi, et j'ai senti une bouffée d'air frais sur ma peau. Les poils de ma nuque se sont dressés.

– Quel joyau caché ! a dit une voix familière.

Je me suis retournée sur Jocelyn, toujours aussi radieuse qu'au dîner de la Maison de la Meute. Elle avait troqué sa robe et ses talons pour un jean et un manteau d'hiver chic. Je me suis demandé si elle le portait quand j'avais fait irruption pour confronter Aiden. J'étais trop enragée pour le remarquer.

Ses cheveux bruns ondulés tombaient en cascade sur ses épaules, et l'air vif de l'automne teintait ses joues d'un rose subtil qui accentuait ses lèvres cerise.

–Ne sois pas surprise, dit-elle en prenant place à côté de moi sur le banc. Traquer les loups fait partie de mon travail.

–Tu me cherchais ? j'ai demandé, ne sachant pas trop ce que quelqu'un comme Jocelyn pouvait vouloir de quelqu'un comme moi.

–Je ne serais pas une très bonne guérisseuse si je ne pensais pas que tu as besoin de quelqu'un à qui parler après ce qui vient de se passer.

Elle a souri d'un sourire à couper le souffle qui m'a immédiatement mise à l'aise. Elle n'était pas là pour me juger. Elle était là pour m'écouter.

–Qu'est-ce qu'il t'a dit ? j'ai balbutié, trop gênée pour la regarder dans les yeux.

–Aiden ne m'a rien dit. Même s'il l'avait fait, ça n'aurait été que sa version.

Elle a fait une pause, attendant que je dise quelque chose, mais je n'étais pas sûr d'être prête à lui faire entièrement confiance. Après tout, elle était l'ancienne maîtresse d'Aiden et toujours l'une de ses proches conseillères.

–Tu le tiens en laisse, ce qu'aucune femme n'a jamais réussi à faire.

J'ai cligné des yeux.

–En laisse ?

Elle a souri de plus belle.

–Tu ne savais pas, n'est-ce pas ?

J'ai fait une pause.

–Savoir quoi ?

Elle affichait maintenant un sourire malicieux, qui n'était pas à sa place sur son visage habituellement compatissant.

–Tout le monde parle de toi, a-t-elle poursuivi. Tu es la première femme à défier la Frénésie de l'Alpha.

Que voulait-elle dire par « la première » ? Si quelqu'un comme moi pouvait l'énerver, il devait devenir fou avec une femme comme Jocelyn.

–Est-ce que tout le monde n'est pas Frénétique pendant la saison ? j'ai demandé. Comment cela pourrait-il être sa première fois ?

Le sourire de Jocelyn s'est encore élargi.

– La plupart des règles des loups-garous ne s'appliquent pas aux Alphas. J'en ai soigné quelques-uns au fil des années, et je peux te dire… Pendant la saison ? Les Alphas ont tendance à ne pas être affectés par la Frénésie. Ils ont une emprise de fer sur elle, et même s'ils ne l'avaient pas, les femmes qu'ils marquent soulagent presque toujours leur Frénésie avant qu'elle ne devienne critique…

– Donc, ce que tu dis, c'est que je suis la première femme à me refuser à lui et maintenant il se sent… frustré ?

– Exactement. (Elle a hoché la tête.) Tu es devenue une sorte de légende dans le cercle restreint. Après cette performance dans son bureau ! Josh et le reste de la direction ont hâte de te rencontrer. Mais, continua-t-elle, plus sérieusement, tu ne pourras pas éviter le lit d'Aiden pour toujours.

– Pourquoi pas ?

– Parce que sa Frénésie finira par atteindre un point où il ne pourra plus la contrôler, et quand son emprise se relâchera, eh bien…

Elle n'a pas eu besoin de développer. Aiden me traquerait jusqu'à ce qu'il soit libéré.

J'ai frissonné en réalisant que j'avais perdu tout contrôle sur mon corps à la seconde où ce bâtard avait planté ses dents dans mon cou.

– Il n'aurait pas dû me marquer, ai-je dit avec colère. Il aurait dû apprendre à me connaître d'abord et me demander mon consentement.

– Honnêtement, en général, il apprend d'abord à connaître ses partenaires, a répondu Jocelyn. Mais tu as dû mettre ses sens à rude épreuve.

– Vraiment ? (Mes yeux se sont élargis, marquant mon incrédulité.) Pourquoi cette saison a-t-elle été différente ? En avait-il assez que les femmes se jettent sur lui quand ça lui chantait ?

Une ombre est passée dans les yeux de Jocelyn et j'ai immédiatement regretté ce que j'avais dit.

– Je suis désolée, je ne voulais pas dire ça comme ça. Je suis juste…

– Ce n'est pas grave. Je sais que tu ne voulais pas dire ça comme une insulte. Être avec l'Alpha est difficile à gérer, surtout en ce moment. Aiden n'a pas été lui-même ces derniers mois. Je suis sûre que tu en as entendu parler, dit Jocelyn.

– Oui, ma mère est la meilleure commère de la ville ! ai-je dit en levant les yeux au ciel.

– L'Alpha a beaucoup à faire. Et jusqu'à ce qu'il soit accouplé, sa force, et la force de notre meute, continueront à faiblir.

– Mais Aiden et moi ne sommes pas accouplés, ai-je rétorqué.

– Peut-être, mais il a toujours une Frénésie qui a besoin d'être tempérée. C'est amusant de le voir se tortiller, je sais, mais pense à la meute.

– Est-ce que c'est vraiment ma responsabilité ? j'ai demandé, sceptique.

– J'ai dû me poser la même question, Sienna. C'est à toi de décider. Je peux te dire ceci. J'aime mon Alpha, et je ne veux que ce qui est bon pour lui. C'est un homme bien. Tu le verras si tu lui donnes une chance de le prouver.

Cette conversation ne s'était pas déroulée comme je l'attendais, mais je peux dire que Jocelyn était sincère dans son intérêt pour Aiden.

Mais cela n'excusait pas son attitude et ce qu'il m'avait dit dans son bureau.

– Je vais y réfléchir, mais il doit faire un pas vers moi. Il doit me respecter.

– Laisse-moi lui parler, a répondu Jocelyn. Il se ressaisira s'il sait ce qui est bon pour lui. J'ai le sentiment que tu es différente, Sienna.

Et avant que je puisse réagir, Jocelyn m'a serrée dans ses bras.

– On se reverra, a-t-elle dit en se levant.

– Oui, j'en suis sûre.

Après le départ de Jocelyn, je me sentais encore remplie de chaleur à l'intérieur. Son toucher de guérison faisait vraiment des merveilles.

Si une femme comme elle avait pu être la maîtresse d'Aiden, il ne devait pas être si mauvais.

Je n'allais pas lui pardonner, pas encore, mais je comprenais la réalité de ma situation, et si je devais aller jusqu'au bout, autant faire un effort pour apprendre à le connaître.

Mon téléphone a vibré à nouveau. Cette fois, c'était ma mère.

Maman : Sienna, tu dois rentrer à la maison tout de suite ! C'est une urgence.

Sienna : Que se passe-t-il ? Est-ce que papa va bien ?

Maman : Papa va bien, mais rentre vite à la maison.

Sienna : OK, je suis en ville.

Maman : À tout de suite ! 💕

Ma mère ne parlait pas d'urgence à moins que ce ne soit sérieux. J'ai donc décidé de rentrer en taxi.

En arrivant devant chez moi, j'ai remarqué une Audi noire garée dehors. Je ne l'avais jamais vue auparavant et je me suis demandé à qui elle pouvait appartenir.

Mon cœur battait la chamade quand j'ai couru vers la porte d'entrée et l'ai ouverte.

– Maman ? Maman ? Je suis rentrée. Où es-tu ?

– Nous sommes ici ! a-t-elle appelé du salon, d'une voix tout à fait calme et agréable.

Quelque chose n'allait pas. J'ai reniflé l'air, un musc boisé a percé mes narines, faisant monter une chaleur entre mes jambes.

J'ai passé une tête et, bien sûr, assis sur le canapé à déguster une tasse de thé, il était là, Aiden Norwood.

ÉPISODE 10

LE RENDEZ-VOUS

Sienna

– Je croyais que tu avais dit que c'était une urgence, ai-je lâché en fusillant ma mère du regard.

– Pourquoi gâcher la surprise ? Je montrais justement à M. Norwood quelques-unes de tes photos de bébé. N'était-elle pas adorable ?

– Oui, même à l'époque, on voyait qu'elle deviendrait une femme forte et belle, a-t-il répondu en me fixant de ses yeux verts hypnotisants et striés d'or. Ce thé est délicieux, Mme Mercer.

– S'il vous plaît, appelez-moi Melissa, a-t-elle répondu en minaudant.

J'avais envie de vomir. Ma propre mère était plus éprise de mon partenaire que moi.

Je parie qu'elle pensait que je m'accouplerais avec Aiden avant la fin de la saison, mais je l'ai regardé dans les yeux plusieurs fois et je ne l'ai pas reconnu.

Il ne faisait que m'utiliser, après tout.

– Comment était-ce Uptown ? a-t-il demandé, affichant un sourire diabolique.

Pourquoi cela l'intéressait-il ? Savait-il pour Jocelyn ?

– C'était bien, ai-je répondu, en essayant de ne pas laisser son regard prendre le dessus sur moi.

Le fait que sa chemise épouse chaque centimètre de sa large poitrine et de ses bras musclés et que son jean s'ajuste parfaitement à ses jambes puissantes et bien dessinées ne m'a pas aidée.

À son sourire malicieux, j'ai deviné qu'il savait que je me battais pour empêcher ma Frénésie de s'enflammer.

– Je ne crois pas t'avoir déjà vue avec les cheveux relevés. Ça te va bien, surtout avec cette marque que tu as.

J'avais complètement oublié que j'avais attaché mes cheveux en queue-de-cheval quand je suis arrivée à la galerie. Le vent m'avait totalement décoiffée et des mèches folles et emmêlées encadraient mon visage encore humide de sueur.

J'étais hideuse et négligée, et il le savait. Et bien sûr, ce bâtard arrogant voulait admirer son propre travail.

– Que fais-tu ici ? j'ai demandé, sans me soucier des formalités.

Après-midi, il était inutile d'essayer d'être poli.

– Je suis un homme en mission, a-t-il répondu, amusé. Je veux en apprendre davantage sur toi et ta famille. J'ai réalisé cet après-midi que nous nous connaissions à peine.

Bien sûr qu'on ne se connaît pas. *Tu m'as marquée sans prévenir.*

Ce changement de comportement m'a fait penser que Jocelyn avait relayé mon message qu'il fallait qu'il change de comportement. *C'était rapide*, j'ai pensé.

J'ai croisé les bras et lui ai lancé un regard agacé.

– Et quelle serait cette « mission » ?

Je l'ai regardé, les yeux écarquillés, se lever et prendre ma main.

– Sienna, voudrais-tu te joindre à moi pour dîner ce soir ?

Ce connard me faisait la cour, et bon sang, ça marchait.

Si poli tout d'un coup. Probablement à cause de la présence de ma mère. Elle avait l'air d'être morte sur place et d'être montée au ciel.

Le rouge m'est monté aux joues, et mon cœur battait si fort qu'il l'a probablement entendu. J'étais sous le charme. Peut-être que Jocelyn avait raison à son sujet.

Aiden Norwood méritait peut-être une chance.

–Je ne suis pas habillée pour l'occasion, ai-je dit dans une dernière tentative de m'échapper.

–Moi non plus, a-t-il dit en souriant. On va s'occuper de ça. Alors?

J'ai pensé: «Pourquoi pas?» Mais je l'ai fait attendre. Je n'allais pas céder aussi facilement. Finalement, j'ai hoché la tête.

–Oui, ai-je répondu. Puis, pensant que je devais couvrir mes arrières:

–Juste cette fois.

Aiden a ri et a secoué la tête, amusé par ma retenue. Sans un mot de plus, il m'a fait monter dans sa voiture et nous sommes partis.

Je savais que je n'étais pas censée laisser l'Alpha m'attraper. Mais, jusqu'à présent, il avait été poli et calme, un vrai gentleman. Pourquoi fuir quand personne ne vous poursuit?

La route a été calme et rapide. Aiden s'est arrêté devant une boutique, et nous sommes entrés.

J'étais toujours sur mes gardes, mais chaque seconde près de lui était plus facile.

La vendeuse a affiché un sourire enjôleur.

–Que puis-je faire pour vous, M. Norwood? a-t-elle gazouillé.

Nos regards se sont croisés, et son sourire s'est immédiatement transformé en un regard noir.

Je suppose qu'elle voulait M. Norwood pour elle toute seule.

Vingt minutes plus tôt, je le lui aurais laissé, mais je me suis sentie étrangement possessive pendant une seconde. Avant que je puisse m'en empêcher, ma lèvre s'est recourbée en un grognement.

La vendeuse a rapidement détourné le regard. J'ai cligné des yeux. Qu'est-ce qui n'allait pas chez moi? L'Alpha ne valait pas la peine de s'énerver.

Ressaisis-toi, Sienna!

–Pouvez-vous m'aider à trouver quelque chose? je lui ai demandé, en essayant d'envoyer une offre de paix.

Elle a acquiescé sèchement et m'a conduite vers une rangée de belles pièces soyeuses.

J'ai choisi une robe marine et suis allée dans la cabine d'essayage. La robe était moulante, mettant en valeur tous mes atouts et ma peau ivoire.

La vendeuse a poussé une paire d'escarpins blancs sous le rideau. Ils m'allaient parfaitement. J'ai laissé tomber mes cheveux et j'ai passé mes doigts dedans jusqu'à ce que tout soit dompté.

Je me suis regardée une dernière fois dans le miroir avant de sortir. J'étais très belle.

Les yeux d'Aiden semblaient ne pas pouvoir quitter mon corps. Son regard ardent m'a balayé de la tête aux pieds, s'attardant sur mes hanches et ma poitrine pendant une seconde de trop.

–Tu es… à couper le souffle, dit-il, les yeux brillants.

Ma Frénésie, Dieu merci, était sous contrôle pour une fois. Non pas que je puisse comprendre pourquoi. Nous n'avions jamais partagé un tel moment en tête à tête.

Ça aurait dû être flamboyant. Mais au lieu de ça, je me suis retrouvée à rougir et à détourner le regard. Ce n'était pas sexy. C'était juste bizarrement… sympa. Presque mignon.

C'est alors que j'ai remarqué qu'Aiden s'était aussi changé.

Il portait un pantalon bleu ajusté qui laissait peu de place à l'imagination et une chemise blanche cintrée à la perfection. Cet homme était d'une beauté dévastatrice.

Après avoir payé la robe et les chaussures, nous sommes remontés dans la voiture, en direction du centre-ville.

Nous nous sommes garés devant le restaurant le plus en vogue de la ville, et après avoir ouvert ma porte, il m'a conduite à l'intérieur, une main posée sur le bas de mon dos.

Au moment où nous avons franchi la porte, tous les regards se sont tournés vers nous.

Certains étaient choqués, d'autres envieux, mais je m'en fichais. Je profitais tellement de la soirée que rien n'aurait pu me distraire.

L'hôtesse nous a conduits à une table intime dans le coin le plus éloigné, loin des regards indiscrets des autres clients.

Nous nous sommes assis l'un en face de l'autre, et mon corps s'est tendu quand Aiden s'est rapproché.

– C'est si terrible que ça ? m'a-t-il demandé.

– Ça dépendra, ai-je répondu (et il a levé un sourcil) de la qualité de la nourriture.

On a tous les deux rigolé. Et j'ai réalisé combien j'avais à apprendre sur l'Alpha. Je ne l'aurais jamais cru capable d'une telle chaleur. C'était un leader. Un homme à craindre. Pas… ça.

Juste à ce moment-là, Aiden a attrapé ma main.

J'ai tressailli pendant une seconde. Mais ensuite je l'ai laissé la prendre.

On était tous les deux comme en pilote automatique. Il n'y avait pas de mots, pas de motivations ou d'intentions claires pour définir ce qui s'est passé ensuite.

Aiden a approché ma main de ses douces lèvres et en a embrassé le dos.

J'ai arrêté de respirer, son baiser a fait éclater la Frénésie, qui s'est répandue dans mon corps, rendant ma peau tendue par l'anticipation, gonflant mon sexe, mouillant ma culotte.

Il a levé les yeux, le regard gourmand. Sa Frénésie étincelait avec la mienne.

Aucun de nous n'avait voulu que cela arrive. Mais c'est arrivé. Et maintenant, je ne savais pas si nous serions capables de l'arrêter.

– Sienna, tu es…

– Je sais, j'ai soufflé, me léchant les lèvres. Tu l'es aussi… M. Norwood.

– Aiden, il a grogné, appelle-moi Aiden.

– Aiden.

J'ai goûté son nom dans ma bouche, fermant les yeux et haletant.

– Oh mon Dieu, Aiden. Je me sens si chaude.

Il a grogné plus fort cette fois.

– Continue comme ça et on ne passera pas le premier plat.

Ça me paraissait bien, mais quelque chose dans ma tête me harcelait, me poussait à sortir de ma Frénésie.

Ce n'était pas une Frénésie normale. Non, c'était comme si je me reconnaissais à peine.

Avec un baiser sur ma main, Aiden avait effacé tout ce que je pensais être moi. Mon passé. Mes désirs. Mes peurs.

Tout avait disparu. J'étais hypnotisée.

Une partie de moi savait que c'était mal, mais je ne voulais pas que ça s'arrête. Je ne voulais pas interrompre la tension qui montait en moi tandis que je sentais cet homme appétissant.

Nous avons à peine salué le serveur qui est venu prendre nos commandes. Aiden a commandé quelque chose de chic, mais le seul plat que je voulais goûter n'était pas sur leur menu.

Il était assis en face de moi.

Stop ! (La voix d'Emily était de retour.) Arrête, Sienna ! Préserve-toi pour ton compagnon !

– Oh, bordel, ferme-la ! ai-je dit tout haut, sans le vouloir.

Aiden m'a jeté un regard interrogateur.

– Est-ce que tu deviens folle ?

– Tu me rends folle, ai-je répondu comme pour le provoquer.

– C'est vrai ? a-t-il dit, les yeux brillants. Je pensais que tu voulais être chassée.

Attends, il pensait que je voulais être chassée ? C'est ce qu'il avait retenu de notre conversation ?

Avant que je puisse protester, sa main s'est enroulée autour de mon poignet et il a porté la mienne à son visage. Tout ce qui était dans ma tête s'est envolé.

– Ta peau est si douce, a-t-il murmuré en embrassant ma paume. Si soyeuse et lisse. Je veux passer ma langue sur chaque centimètre de ton corps.

J'ai rougi et gémi quand il a glissé un de mes doigts dans sa bouche.

Quelque chose ne va pas ! Arrête ça !

Comment quelque chose pourrait ne pas aller ?

– Sienna. (Le son de sa voix m'a fait sursauter.) Je ne peux pas attendre. Je te veux maintenant.

Je le voulais aussi. Je me fichais de savoir où et comment, mais je voulais chaque centimètre de lui.

– Prends-moi.

En un clin d'œil, j'ai quitté mon siège et j'ai atterri dans une arrière-salle faiblement éclairée.

Il a écarté mes jambes et a glissé ses mains puissantes sous mes cuisses pour me plaquer contre le mur. Il a embrassé ma marque.

Je n'avais jamais été embrassée sur les lèvres de toute ma vie. Mais ces derniers jours, mon cou avait eu plus qu'assez d'action pour compenser cela.

J'ai gémi de plaisir lorsqu'une des mains d'Aiden s'est glissée entre mes jambes, le bout de ses doigts a taquiné l'intérieur de ma cuisse.

Il s'est rapproché de plus en plus jusqu'à ce que je sois prête à crier.

– Qu'est-ce que tu attends ?

J'ai gémi, mes jambes tremblaient.

Ses doigts se sont pressés contre ma culotte humide, et une vague de plaisir a brouillé ma vision.

Je m'étais déjà touchée à cet endroit de nombreuses fois. Mais ce n'était pas comparable aux mains d'un homme, les mains d'Aiden, sur moi.

Je suis tombée dans la plus forte Frénésie que j'aie jamais connue quand la voix est revenue, criant dans mon esprit.

Souviens-toi de ton vœu !

Je suis sortie de ma Frénésie comme quelqu'un qui sort d'une transe. Le plaisir que je ressentais s'est transformé en terreur, j'ai repoussé Aiden et j'ai fui.

J'ai traversé la ville jusqu'aux bois, déchirant la belle robe qu'Aiden m'avait achetée et me transformant en loup.

Une fois sur mes quatre pattes, tout devenait instinctif. Et là, mon instinct me disait de courir.

J'ai pénétré dans les bois et j'ai continué pendant ce qui m'a semblé être des kilomètres. Je me suis arrêtée pour me reposer quand j'ai atteint une clairière entre les arbres, mais mon répit a été de courte durée.

Une rafale de vent a apporté une odeur familière à mon nez. C'était Aiden, et il se dirigeait droit vers moi.

ÉPISODE 11

LE SPECTRE

Sienna

De l'autre côté de la clairière, un autre loup a fait irruption dans les arbres. Il était énorme, le plus gros loup que j'avais jamais vu, et ses yeux dorés Frénétiques étaient fixés sur moi.

J'ai grogné, montrant les dents. Je ne me souciais pas de subir sa colère. Il n'allait pas m'avoir.

Peu impressionné par ma démonstration, il s'est approché, essayant de me faire paniquer devant son immense masse.

Mais la peur qui m'a saisie n'avait rien à voir avec sa taille ou ma sécurité. Elle avait tout à voir avec la façon dont il pouvait me contrôler, maintenant que j'étais marquée.

Je me souvenais que mes amis en avaient parlé lors de notre première Frénésie, mais je n'en avais évidemment jamais fait l'expérience moi-même.

Pendant la saison, une femelle marquée pouvait devenir Frénétique sur la simple volonté de son mâle. Il suffisait d'un contact spécial, et il pouvait rendre sa maîtresse aussi Frénétique que lui.

À la seconde où Aiden m'avait embrassé la main au restaurant, c'est ce qui s'était passé. Je l'avais vu dans ses yeux.

Il se fichait de la chasse ou de me conquérir loyalement. Il voulait juste baiser. Typiquement Alpha.

Peut-être que c'était le seul but de ce rendez-vous. Une chance de m'avoir au moment où j'étais le plus vulnérable. Une chance de relâcher sa tension pour qu'il puisse retourner à ses responsabilités d'Alpha.

La voix d'Emily avait été assez forte pour me sortir de la Frénésie cette fois, mais qu'en serait-il de la prochaine fois ?

Comment pourrais-je échapper à son lit s'il avait autant de pouvoir sur moi ?

Aiden s'est aventuré plus près, oubliant que je n'étais pas une de ses louvettes apprivoisées. Je ne connaissais pas encore toute ma puissance, mais je savais que je ne voulais pas qu'il s'approche davantage.

Un grognement est sorti de ma gorge de loup.

Dégage, bâtard. Dégage, putain !

J'ai tendu mes muscles, attendant qu'il bondisse.

Nous nous sommes fixés, aucun de nous n'avait l'intention de reculer.

Soudain, nos oreilles se sont dressées au son de pattes piétinant le sol de la forêt.

Un loup blond et massif a surgi des arbres derrière Aiden, suivi de près par une meute de quatre loups.

C'était Josh, et il avait l'air tendu. Quelque chose n'allait pas. Que faisaient-ils ici ?

Josh, sous sa forme de loup, a jeté un regard furieux à Aiden. J'ai été surprise qu'aucun de nous ne les ait sentis, mais nous étions concentrés sur nos odeurs respectives.

Quoi qu'il en soit, cela devait être important car, au début, Aiden avait l'air furieux de voir son subordonné. Mais, en quelques secondes, il a rallié sa meute et communiqué avec eux par des grognements et des regards chargés de sens.

C'était un leader naturel.

Je voulais en savoir plus. Est-ce que c'était à mon sujet ?

Mais en même temps, je n'allais pas traîner pour savoir si Aiden était toujours Frénétique. J'ai vu ma chance de m'échapper et je me suis enfuie dans les bois.

Alors que les derniers rayons du soleil disparaissaient à travers les arbres, une silhouette chatoyante a attiré mon regard pendant que je courais.

Quand j'étais sous ma forme de loup, ma vue était beaucoup plus affûtée que lorsque j'étais humaine, alors je me suis arrêtée et j'ai vu avec une grande clarté une femme à la peau blanc nacré et aux yeux violet, bleu et gris électrique. Ses cheveux étaient d'un noir profond et tombaient dans son dos en vagues délicates.

Il m'a fallu un moment pour réaliser que, pendant que je la fixais, elle me fixait en retour. Son visage de porcelaine était hypnotisant.

Je trouvais Jocelyn magnifique, mais cette femme la surpassait sans conteste.

Ses traits symétriques étaient d'une telle perfection qu'elle était certainement un être surnaturel et immortel descendu sur terre. Malgré sa beauté venue d'un autre monde, sa tenue vestimentaire était étrangement banale. Elle portait un pantalon de randonnée ample couleur ardoise avec des bottes de combat assorties. Son haut était un simple tee-shirt gris avec une veste en jean délavée par-dessus.

J'ai pensé que c'était peut-être une randonneuse, mais elle n'avait pas de sac ni d'autre équipement sur elle.

De plus, il n'y avait aucune peur dans ses yeux. Elle n'était pas un loup-garou, je l'ai su immédiatement, mais elle ne sentait pas non plus comme un humain.

Qui était cette femme ?

Soudain, toute la forêt est devenue silencieuse, et un bourdonnement a commencé à résonner dans mes oreilles. J'ai secoué la tête, ce qui n'a cependant pas arrêté le bruit.

J'ai de nouveau croisé le regard de la femme ensorcelante.

Ma tête me faisait mal comme si elle était sur le point d'exploser. J'ai hurlé et j'ai cru entendre un enfant hurler à l'unisson.

Mes pupilles se sont dilatées, et deux ombres ont plané au-dessus de moi. Je ne pouvais pas dire si elles me tendaient la main ou si elles essayaient de me faire du mal, mais en un instant, elles avaient disparu.

Je me suis retournée vers la femme au moment où elle disparaissait également dans la nuit, devenant lentement invisible comme un spectre.

Le bourdonnement dans mes oreilles s'est arrêté, et les sons de la forêt sont revenus.

La lune montait maintenant sur son trône nocturne, et les sons de la forêt ont installé leur musicalité du soir.

J'ai trotté prudemment vers l'endroit où la femme s'était tenue, mais je n'y ai trouvé aucune trace d'elle. J'ai relevé le nez, mais tout ce que je pouvais sentir, c'était le musc humide des bois et les créatures qui les habitent. Avais-je vraiment vu quelqu'un ou mon esprit me jouait-il des tours ? Si elle était réelle, que me voulait-elle ? Pourquoi s'exposerait-elle puis disparaîtrait-elle ? Rien de tout cela ne faisait sens.

Je frissonnais à l'idée de ce qui se serait passé si Josh et les autres loups n'étaient pas arrivés ou s'ils étaient arrivés quelques minutes plus tard.

Toute cette nuit m'a rappelé combien je connaissais peu de choses sur le partenariat et les règles qui régissent une louve une fois qu'elle est marquée. Je ne connaissais la Frénésie que depuis trois saisons alors qu'Aiden était un amant expérimenté qui en connaissait toutes les ficelles. Et pour couronner le tout, il était un Alpha, donc ses pouvoirs étaient plus puissants que ceux d'un mâle ordinaire.

Si je voulais avoir une chance de lui résister, je devais trouver un moyen de le tenir éloigné de moi pendant que nous apprenions à nous connaître.

Rien de tout cela ne m'aidait à faire face au fait que je me réservais pour mon compagnon, et Aiden était la représentation la plus éloignée de l'idée que je m'étais faite d'un compagnon.

Quel était l'intérêt d'avoir un Alpha s'il ne pouvait pas rester au pouvoir tout seul ?

Tout cela me semblait un peu dramatique, comme une excuse élaborée pour coucher avec toute la meute jusqu'à ce qu'il « décide » qu'il avait trouvé sa compagne.

Je souhaitais pouvoir combattre ma nature de loup et ne jamais avoir une autre Frénésie. C'est ce qui avait poussé Emily à faire ce qu'elle avait fait.

Je n'avais pas envie de devenir humaine, mais pendant la saison, j'étais envieuse de leur état dont elles n'avaient pas à forcer la nature. Les femmes humaines n'avaient pas à supporter ces conneries. Elles n'avaient pas à se soumettre au marquage et à la tromperie pour coucher avec quelqu'un, amant régulier ou non.

Elles ne perdaient jamais le contrôle d'elles-mêmes.

Le hurlement des autres loups m'a tirée de mes pensées. Même si j'étais censée avoir un partenaire, il n'était pas très prudent pour moi de rester seule dans une partie aussi reculée de la forêt. Seuls les mâles célibataires les plus désespérés rôdaient aussi tard dans la nuit. Bien sûr, je pouvais me débrouiller. Je venais littéralement de défier l'Alpha, mais je savais que j'aurais des ennuis si d'autres loups apparaissaient, cherchant à se satisfaire.

La dernière fois, j'avais eu de la chance. Je ne pouvais pas rester ici plus longtemps.

J'ai couru à travers les bois, jusqu'à la maison.

J'étais presque à l'orée de la forêt quand j'ai réalisé que j'avais arraché la robe qu'Aiden m'avait offerte et l'avais jetée quelque part sur la route. En d'autres termes, je serais nue quand je reprendrais ma forme humaine.

Ce n'était pas vraiment tabou de se promener en ville sous sa forme de loup, mais ce n'était pas non plus encouragé.

Je ne l'avais jamais fait auparavant, mais après être allée plus tôt dans la journée à la Maison de la Meute, à moitié métamorphosée, j'ai pensé que je pouvais supporter quelques regards désapprobateurs.

Pourtant, ce n'était pas dans ma nature d'attirer l'attention, alors j'ai pris des routes secondaires et je suis restée dans l'ombre jusqu'à ce que j'arrive dans ma rue.

Alors que j'approchais de chez moi, les lampadaires ont commencé à clignoter et ma vision s'est de nouveau troublée. J'étais désorientée, tous mes sens étaient émoussés.

Qu'est-ce que cette femme m'a fait ?

J'ai essayé de sauter par-dessus la clôture de notre jardin, mais mes pattes arrière se sont prises dans une latte et j'ai atterri dans un bruit sourd. J'ai levé les yeux pour voir une silhouette sombre s'approcher de moi.

J'ai couru jusqu'à la porte arrière et j'ai griffé, impuissante, mes pattes ne pouvaient pas actionner la poignée, je n'avais pas le temps de reprendre ma forme humaine.

J'étais coincée, avec nulle part où aller. Je voulais hurler, griffer, me défendre, mais j'étais figée par la peur.

ÉPISODE 12

LA DISCUSSION

Sienna

J'avais l'impression d'être prise au piège, je n'avais pas les idées claires depuis mon expérience dans les bois. Comme si j'avais été droguée et que, quoi que mon agresseur se soit apprêté à faire, j'étais impuissante à l'arrêter.

L'ombre s'est approchée de moi et a commencé à m'engloutir, mais j'ai arrêté de me battre quand j'ai senti une étreinte familière.

– Sienna, a doucement chuchoté la voix de mon père. Calme-toi, ma chérie. Tiens, je t'ai apporté un peignoir. Viens, on va rentrer.

Ses doigts ont parcouru ma fourrure, et tout a recommencé à être normal. Il a placé le vêtement sur ma forme de loup et je me suis déplacée, m'effondrant dans ses bras.

– Que s'est-il passé ? Tu as été attaquée ? a-t-il demandé, inquiet.

Je n'en étais pas sûre, j'étais totalement déboussolée.

Je me suis demandé si cela avait un rapport avec le fait qu'Aiden se soit enfui avec sa meute. Cela devait être lié. Je ne voulais pas trop y penser pour l'instant, sinon je me serais probablement évanouie.

–Je vais bien, papa. J'ai juste besoin de repos. La soirée a été longue et bizarre, ai-je répondu.

Aiden

Mon bureau commençait à ressembler à une cellule de prison. J'étais plus agitée que jamais, mais je ne pouvais pas m'enfuir sans que quelqu'un le remarque.

Josh et moi étions allés là où la patrouille avait perdu l'odeur du vagabond, mais je n'avais pu découvrir aucun indice sur l'endroit où il était parti.

J'admets qu'il n'était pas bon pour mon image de revenir les mains vides, mais la seule solution était de mentir à Josh et aux quatre soldats, et je le faisais déjà plus que je ne le voulais.

Il n'était pas anormal qu'un étranger traverse le territoire de la meute, mais l'odeur inexplicable et le fait qu'elle disparaisse comme par magie avaient ébranlé tous ceux qui étaient au courant.

Jusqu'à présent, ça ne concernait que moi, Josh, Jocelyn, Nelson, Rhys et les quatre soldats.

Je leur ai fait jurer de se taire jusqu'à ce que nous découvrions qui était cet intrus et où il se dirigeait.

Par prudence, j'ai détaché des petits groupes de gardes vers des lieux stratégiques. De cette façon nous serions prêts s'il réapparaissait et, avec un peu de chance, nous serions assez puissants pour l'affronter.

Dès que nous avons été seuls, Josh s'est planté devant moi, l'air indigné.

–Eh alors ? Tu comptes rester ici et attendre ?

–Que suggères-tu d'autre ? Je ne peux pas demander à tout le monde de passer les bois au peigne fin sans savoir ce que nous cherchons.

–À qui la faute ? a marmonné Josh en allant et venant dans mon bureau, comme à son habitude.

–La tienne, techniquement, j'ai répondu sèchement. Il incombe aux Bêtas de veiller à la sécurité de nos frontières.

–Tu n'as pas besoin de me rappeler quel est mon job. J'ai fait exactement ce que je devais faire. Dès que j'ai compris que nous avions affaire à quelque chose de nouveau, je suis venu te chercher. C'est toi qui oublies tes devoirs.

Il commençait à m'énerver. Je me suis impatienté.

–Arrête de tourner en rond et dis ce que tu as en tête !

–Tu es fragilisé, Aiden. Un Alpha en pleine possession de ses moyens aurait été capable de suivre le vagabond.

C'était reparti. La réitération de ses accusations commençait à me fatiguer. J'ai repris :

–Tu as dit toi-même que nous ne savons pas à quoi nous avons affaire. S'il est assez puissant pour masquer son odeur, effectivement mes pouvoirs semblent diminués. Ou c'est toujours à propos de Sienna ?

–À toi de me le dire.

–J'ai perdu le contrôle de ma Frénésie. C'était temporaire.

–C'est exactement ce que je veux dire. Tu as perdu le contrôle. Ça ne t'était jamais arrivé avant. Si ce que tu nous as dit est vrai, pourquoi n'es-tu pas honnête avec elle ? Tu lui fais perdre son temps et le tien. Si tu laisses les choses continuer comme ça, l'un de vous va être blessé. Tu as besoin d'être fort, maintenant plus que jamais. Je ne dis pas cela juste pour le bien de la meute, Aiden. Je te parle en tant qu'ami.

–Je comprends ton inquiétude, mais je vais le faire à ma façon.

Josh a laissé échapper un grognement et a tapé du poing contre mon bureau.

–Merde, Aiden, nous pourrions être attaqués à tout moment, et tout ce qui t'intéresse, c'est une fille. Une fille qui, jusqu'à présent, a refusé tes avances.

–Attention, Josh.

–Ce que je veux dire, Aiden, c'est que ce soir nous avons été tout près de découvrir quelque chose de nouveau. Je sais que tu as senti ce que j'ai senti. Ce n'était pas humain. Et pas loup-garou non plus. Nous devons découvrir quelles sont ses forces ? Quelles sont ses faiblesses ? Est-ce qu'il a des faiblesses, d'ailleurs ? J'ai l'impression que tu ne prends pas cette menace assez au sérieux.

J'étais tout aussi inquiet que Josh, mais je ne pouvais pas le montrer. C'était une question de pouvoir entre nous.

Pendant un moment, j'ai pensé à ce que mon frère Aaron aurait fait. *S'il était là.* Une douleur m'a envahi, et j'ai repoussé ce souvenir. Je ne pouvais m'appesantir sur le passé quand le présent était aussi dangereux.

– L'idée que cet intrus soit un nouveau danger m'a traversé l'esprit, mais nous ne pouvons rien à faire, à part attendre. En tout cas, je ne veux pas qu'il se sente menacé. S'il est pacifique, je veux qu'il le reste. Comme tu l'as dit, on n'a aucune idée des pouvoirs de ce vagabond.

– Et s'il n'est pas venu ici en paix ?

– Il nous aurait déjà attaqués. Il a probablement masqué son odeur pour éviter la confrontation.

– Ou il se prépare à une attaque surprise.

– Arrête avec tes théories, Josh. Occupe-toi des patrouilles et fais-moi savoir si tu as de nouveaux renseignements.

– Comme tu veux, mon Alpha. De ton côté, souviens-toi, tu as un travail, à part celui de mettre cette fille dans ton lit.

Je n'ai pas répondu, donnant congé à Josh d'un simple hochement de tête. Pourtant, il avait raison d'être inquiet. Depuis que j'avais marqué Sienna, ma tête était embrumée par le désir.

Je n'avais jamais refréné ma Frénésie aussi longtemps et elle n'avait jamais été aussi forte que lorsque j'étais près d'elle.

Peut-être que si je passais quelques jours à l'écart, je pourrais me rééquilibrer. Ce vagabond était une distraction bienvenue.

Sienna

J'étais assise seule dans le noir quand j'ai entendu frapper à ma porte. Je me suis assise et j'ai retiré les écouteurs de mes oreilles.

– Entrez.

– Bien, je pensais que tu t'étais peut-être déjà endormie, a dit mon père en fermant doucement la porte derrière lui. Ça te dérange si je m'assois ? a-t-il demandé en désignant mon lit.

– Pas du tout.

Il était plutôt mince à l'époque où mes parents se sont rencontrés – ma mère m'avait montré des photos –, mais l'âge, le mariage et les deux filles lui avaient fait prendre quelques kilos.

Quand il s'est assis à côté de moi, mon matelas s'est enfoncé.

– Je voulais te parler de ce qui s'est passé ce soir, a-t-il commencé. Je sais que ta mère est ravie que tu t'associes à l'Alpha pour la saison.

– C'est l'euphémisme du siècle ! j'ai soupiré.

– Oui, a-t-il dit en riant, elle n'est pas très discrète, n'est-ce pas ? (Il a marqué une pause avant de continuer.) Ta mère m'a raconté comment tu t'es enfuie de la maison cet après-midi, et… eh bien, j'ai pensé que tu pourrais avoir besoin de quelqu'un à qui parler de tout ça.

– Papa…

– Je sais que je ne suis pas un loup-garou et que je ne peux pas comprendre exactement ce que tu traverses, mais je suis là depuis assez longtemps pour savoir que se montrer à la maison sous sa forme de loup n'est pas normal. Tu veux parler de ce qui s'est passé ce soir ?

Mon père était la dernière personne auprès de qui je pensais m'épancher. Mais il avait raison. Ma tête était encombrée de mille choses dont j'avais besoin de me débarrasser.

J'ai serré ma couette contre moi, ne sachant pas par où commencer.

– Il s'est passé quelque chose au dîner ce soir… en fait, j'ai l'impression que maintenant que j'ai été marquée par l'Alpha, tout le monde attend quelque chose de moi. Que ce soit maman, mes amis ou les membres de la meute, que je ne connais même pas, ils veulent tous quelque chose, et personne ne se demande ce que moi, je veux.

Ma voix s'est mise à trembler, j'ai senti les larmes monter.

– J'ai l'impression de perdre le contrôle, et je n'aime pas ça.

Le fait d'exprimer tout ça à voix haute a été une telle libération, j'ai eu l'impression qu'un énorme poids disparaissait de mon cœur.

Les larmes ont jailli et coulé sur mes joues. Mon père m'a serrée contre lui et m'a laissée pleurer sur son épaule.

– C'est bon, a-t-il dit en me frottant le dos. C'est parfaitement normal que tu te sentes comme ça.

– Non, ça ne l'est pas, j'ai gémi entre deux sanglots. Je suis une dominante. Les dominants ne laissent pas ce genre de choses stupides les atteindre.

Je n'avais pas l'habitude d'exprimer tout haut mon état.

Je savais, au fond de moi, que c'était vrai, que j'avais un côté dominant qui ne pouvait pas être apprivoisé. C'était la raison pour laquelle j'avais si bien réussi à résister aux avances de l'Alpha jusqu'à présent.

Mais le dire à mon père l'avait presque rendu moins réel. Comme si ça dépréciait la vérité.

Peut-être que je me trompais et que ma nature était d'être une louve soumise qui faisait ce qu'on lui disait.

Mais mon père a mis une main sous mon menton et m'a forcée à le regarder dans les yeux.

– Je ne pense pas que ce que tu ressens soit stupide, Sienna, a-t-il dit. Et dominant ou pas, tout le monde a un cœur.

L'avantage d'avoir un père humain, c'est qu'il était beaucoup plus sentimental que maman, Selena, ou que n'importe quel loup-garou d'ailleurs.

Normalement, nous, les loups, aurions considéré cet aveu comme un signe de faiblesse, mais à ce moment-là, j'étais heureuse qu'il soit là.

– Tu sais, quand on t'a ramenée à la maison, j'ai tout de suite su que tu étais spéciale. Tu avais cette confiance en toi dans tout ce que tu faisais, même quand tu étais bébé. En te voyant grandir, j'ai vu cette confiance se manifester dans tout ce que tu entreprenais. Pleurer ne retire rien à ça, Sienna. Tu es toujours le loup-garou le plus fort que je connaisse.

–Tu ne penserais pas ça si tu avais vu ce qui s'est passé ce soir.

–Tu veux en parler ?

–Tout ce qui compte, c'est que je me suis ridiculisée. Je ne veux plus jamais le revoir. J'aimerais qu'il ne m'ait jamais marquée, papa. Je veux qu'il me laisse tranquille.

J'ai à nouveau fondu en larmes.

–Tu n'as pas pensé qu'il ne pouvait pas te laisser tranquille ? Qu'il avait peut-être vu la même femme belle et puissante que celle que je vois et qu'il était si ému qu'il n'avait pas eu d'autre choix que de te marquer ?

–Tu es obligé de dire ce genre de choses. Tu es mon père.

–Je suis sérieux, Sienna. Tu n'es pas lâche, ne le laisse pas te transformer. Comme ta mère le dit, il pourrait avoir n'importe quelle femme de la meute, mais il t'a choisie. Souviens-toi de ça. Tu n'as pas besoin de lui. C'est lui qui a besoin de toi.

Les phares d'une voiture qui se garait dans l'allée ont illuminé ma chambre. Mon père et moi avons regardé dehors et vu Selena sortir de sa voiture.

Nous ne l'attendions pas, elle passait rarement à l'improviste comme ça. Alors nous sommes descendus pour l'accueillir.

Mon père a ouvert la porte avant qu'elle frappe et l'a serrée dans ses bras comme seuls les pères savent le faire.

–Que nous vaut ce plaisir ? a-t-il demandé. Est-ce que tout va bien ?

Elle était en pyjama et traînait un sac de voyage derrière elle. Il était évident qu'elle était partie de chez elle en vitesse.

–Jeremy a reçu un appel de la Maison de la Meute et a dû se rendre au bureau. C'était apparemment important. Il ne m'a pas donné de détails, à part qu'il s'agit d'une brèche à la frontière. La dernière fois que c'est arrivé, la meute a tout fermé. Désolée de venir à l'improviste, mais je me sens plus en sécurité ici que seule à l'appartement.

Une brèche dans la frontière ? Tout fermé ? Ça devait être sérieux.

L'Alpha mettait la meute en confinement seulement quand il y avait une menace importante et qu'il devait imposer la loi martiale. Pourquoi j'apprenais cette nouvelle par Selena ?

Aiden ne se souciait-il pas de ma sécurité ?

Je suppose que je n'aurais pas dû être surprise qu'il me traite de la sorte. Enfoiré.

La mystérieuse femme de la clairière me trottait encore dans la tête. Avait-elle quelque chose à voir avec ça ?

Pendant un moment, j'ai pensé que je devais dire à Aiden ce que j'avais vu, mais puisqu'il ne jugeait pas nécessaire de me tenir informée, j'allais également le laisser dans l'ignorance.

De plus, la perspective de le voir, surtout après ce qui s'était passé la veille, m'a ébranlée.

Je n'allais pas faire le premier pas. S'il voulait parler, à lui de venir.

ÉPISODE 13

UNE PALETTE DE COULEURS

Michelle : Alors, Sienna, qu'est-ce que tu as fait hier soir ?
Mia : Quelque chose d'excitant ???? 😜
Erica : On promet de ne rien dire.
Michelle : SIENNNAAAA !
Michelle : 😫
Erica : Si tu ne dis rien, on va venir…
Erica : J'attrape mes clés…
Mia : Je vais apporter l'alcool !
Michelle : Je suis là dans 5 minutes !
Sienna : OK ! Qu'est-ce que vous voulez savoir ?
Michelle : AB👏SO👏LU👏MENT TOUT !
Sienna : Il est venu me chercher et m'a offert une robe.
Sienna : Nous sommes allés dîner en ville.
Sienna : Puis je suis rentrée chez moi.
Mia : 😐

Erica : Je monte dans la voiture…
Sienna : Je vous ai tout dit !
Mia : Nah, tu caches quelque chose.
Mia : À propos de toi faisant des cochonneries dans un placard ???
Erica : Je n'avais pas entendu cette partie !
Sienna : Bon, on a peut-être un peu déconné.
Sienna : Mais ce n'était rien de spécial.
Michelle : On veut des détails !
Michelle : Est-ce qu'il a aussi bon goût qu'il en a l'air ?
CHAT : Mia !
Sienna : Beurk. STOP !
Erica : Gros comment ????
Sienna : Je suis sérieuse. Arrêtez ça !
Erica : Coucou, ici Louve sans partenaire et Frénétique.
Erica : Si tu n'en veux pas, moi oui.
Michelle : Qu'est-ce qui ne va pas ?
Sienna : Rien, je n'aime pas que tu transformes ma vie en série télé.
Michelle : Désolée, on pensait que tu serais plus enthousiaste.
Mia : Qu'est-ce que tu fais ?
Sienna : Je peins à la maison.
Mia : Viens nous rejoindre chez Winston, meuf !
Sienna : Je ne suis pas vraiment d'humeur.
Mia : Allez, Si, on planifie le
Mia : J'ai besoin de ton regard d'artiste.
Erica :
Mia : EXACTEMENT !
Sienna : Bien, mais plus de questions.
Mia : Promis !
Erica : Promis !
Michelle : … promis.

Sienna

Le Winston était bondé comme d'habitude. Même si personne n'a sourcillé quand je suis entrée, j'ai quand même eu l'impression que tout le monde m'observait.

Je me suis demandé comment les filles étaient au courant de mon rendez-vous, mais bien sûr qu'elles le savaient.

On ne va pas en ville avec l'Alpha impunément. J'étais tellement embarrassée en repensant aux événements de la nuit dernière. Certains membres du personnel l'avaient certainement vu glisser mon doigt dans sa bouche, et je savais que nous n'avions pas été discrets dans notre fuite vers l'arrière-salle. J'ai frissonné en imaginant ce que ma mère avait pu entendre. Heureusement, elle était encore au travail et ne serait pas de retour avant tard dans la soirée.

Les filles étaient entassées autour de notre table habituelle avec des piles de magazines de mariage et l'ordinateur portable de Mia. Les cérémonies d'accouplement étaient comme les mariages humains, mais encore plus importantes car les loups s'accouplent pour la vie.

La famille de Mia était immense, elle avait donc assisté à de nombreuses cérémonies d'accouplement, ce qui, je le pensais, rendrait l'organisation de la sienne facile.

Mais à première vue, elle était perdue dans les abysses de la planification.

Des taches de ketchup et de moutarde parsemaient les magazines, et certaines pages étaient déchirées et étalées comme des échantillons.

Mia et Erica étaient sur leurs téléphones en train de chercher de la déco pour la table, elles montraient leurs trouvailles à Mia, qui ne faisait que jeter des coups d'œil distraits en hochant la tête.

Ses cheveux caramel étaient simplement attachés en queue-de-cheval ébouriffée. Mia prenait toujours grand soin de ses cheveux, la voir comme ça reflétait son état de stress.

– Voilà notre louve fougueuse, a crié Michelle avec un sourire sournois. Erica, pousse-toi.

–Je suis si contente que tu sois là, a dit Mia en se prenant la tête. Je suis complètement dépassée. Nous avons besoin de quelqu'un qui sait ce qu'il fait.

Les goûts de Mia étaient, comment le dire gentiment, un peu criards.

J'ai regardé les schémas de couleurs qu'elle avait affichés sur son ordinateur et j'ai fait de mon mieux pour l'orienter dans la bonne direction.

À l'origine, elle cherchait des couleurs chaudes, ce qui, à mon avis, n'aurait pas été approprié pour une cérémonie d'accouplement en hiver. Après moult cajoleries, j'ai réussi à la convaincre de choisir des couleurs lilas, pervenche et bleu turquoise. Michelle a râlé en prétendant que ces couleurs ne lui allaient pas, mais je lui ai rappelé que ce n'était pas sa décision et que toutes les couleurs lui allaient, ce qu'Erica et Mia ont confirmé, et tout le monde est reparti heureux.

Aider Mia m'a fait penser à ma propre cérémonie et au temps qu'il me faudrait pour trouver mon compagnon. Tout le monde n'avait pas la même chance que Mia et Harry.

J'ai toujours imaginé que je trouverais mon compagnon en me promenant dans un musée ou dans un parc. C'est dans ce genre de lieu que j'avais rencontré Aiden, mais après son comportement d'hier soir, je préférais l'oublier. Penser à lui me donnait envie de vomir.

–Honnêtement, Si, nous n'aurions pas avancé si tu n'étais pas venue, a dit Mia, épuisée et stressée, en se jetant sur une assiette de frites.

–Qui aurait cru que les cérémonies d'accouplement représentaient autant de travail ?

–Au moins, tu en as une à organiser, se lamente Erica. Pourquoi aucun de mes amis ne tombe amoureux de moi ?

Mia a lancé, comme si elle pensait tout haut :

–Je n'ai jamais vraiment eu d'amis hommes. Je me demande pourquoi…

–Parce que tu les as tous baisés, a répondu Erica.

– Pas du tout ! a protesté Mia.

Nous avons toutes réagi, à l'unisson :

– Si, tu l'as fait !

– Cette vie est derrière moi, a dit Mia en levant le nez. Je suis une femme accouplée maintenant.

Nous avons toutes rigolé car, même avant de commencer à avoir notre Frénésie, Mia allait dans des soirées avec des mecs plus âgés, à la recherche d'hommes avec lesquels elle pourrait faire plein de « jolis bébés. »

– Si, sors avec nous ce soir, a supplié Michelle. Nous célébrons le mariage de Mia. Le frère d'Erica a dit qu'il pouvait nous faire entrer dans ce nouveau club très chaud. Ça s'appelle Le Lupin. Il n'y aura que nous, les filles.

Le confinement avait été annulé, mais j'étais épuisée par la journée de la veille et je n'avais pas envie d'être entourée de gens ou d'être entassée dans une pièce sombre et moite avec de la musique trop forte qui m'empêcherait de m'entendre penser.

J'avais besoin d'être seule et de peindre. Je comprenais ce que voulait faire Michelle, mais ça ne me convenait pas.

– Peut-être un autre soir, j'ai répondu.

– Pourquoi ? Tu as un autre rendez-vous avec M. Alpha ?

– Non, je suis juste fatiguée.

– Fatiguée d'une longue nuit à baiser dans une arrière-salle de restaurant ? a répliqué Michelle.

Je voyais à son regard qu'elle ne plaisantait plus et qu'elle commençait à s'énerver.

– Michelle, on n'a pas fait l'amour. Combien de fois je dois te le dire ?

– Alors c'est quoi ton problème, Sienna ? Pourquoi tu ne veux pas venir ?

– Vous ne pouvez pas laisser tomber ?

– Nous sommes tes amies, on ne te voit presque plus. Tu sors avec le loup le plus sexy qui existe et tu ne nous dis rien. Tu as honte de nous parce qu'on n'est pas aussi cool que tous les amis d'Aiden ?

– Ce n'est pas du tout ça, Michelle, j'ai répliqué en essayant de l'empêcher de faire une scène, ce qu'elle savait que je détestais. Je ne suis juste pas dans ce mood.

Les mots venaient à peine de quitter mes lèvres que mon téléphone a sonné. Je l'ai pris et j'ai reculé. Je ne voulais pas donner raison à Michelle, mais en même temps, je voulais savoir ce qui se passait.

– C'est lui ? a demandé Michelle.

– Oui, ça te dérange si je…

– Prends-le, a-t-elle dit en mélangeant frénétiquement son milk-shake avec une cuillère.

Je me suis levée et me suis dirigée vers le comptoir où il y avait un tabouret vide. Je me suis assise pour répondre.

Aiden : Hé, à propos de la nuit dernière. Je suis désolé que Josh nous ait interrompus.
Aiden : Tu es bien rentrée ? Tu es partie si vite…
Sienna : Oh, ça te préoccupe vraiment ?
Aiden : Tu penses que je ne suis pas sincère ?
Sienna : Je pense que tu essaies juste de me baiser.
Aiden : J'ai peut-être laissé ma Frénésie devenir incontrôlable.
Aiden : Cela n'arrivera plus.
Sienna : Tu as raison. Cela n'arrivera plus.
Aiden : Sienna, je suis désolé.
Aiden : Pour ma défense, tu étais plutôt impliquée.
Sienna : Je ne me contrôlais plus.
Sienna : Tu n'es pas le seul à avoir des problèmes avec ta Frénésie.
Aiden : Je pense que tu savais ce que tu faisais.
CHAT : Sienna : Et moi qui espérais que tu étais un gentleman, pas un baiseur.
Aiden : Comment je peux me faire pardonner ?
Sienna : Prouve-moi que je suis plus qu'un simple trophée.
Aiden : Tout ce que tu veux.
Sienna : Dis-moi ce qui se passe à la brèche dans la frontière.

Sienna : Pourquoi avez-vous soudain appelé tout le monde à la Maison de la Meute ?
Aiden : Comment as-tu entendu parler de ça ?
Sienna : Ça n'a pas d'importance. Si je suis plus qu'un coup, tu me le diras.
Aiden : C'est compliqué.
Aiden : Je veux t'en dire plus, vraiment.
Sienna : Alors, dis-moi au moins ça.
Sienna : J'étais en danger hier soir ?
Aiden : Je ne laisserais jamais rien te faire du mal.
Sienna : Ce n'est pas ce que j'ai demandé.
Sienna : Est-ce que j'étais en danger ?
Aiden : Je ne sais pas.
Aiden : Honnêtement.
Sienna : Bye, Aiden. 🖕

Je n'arrivais pas à croire que je l'avais trouvé attirant.

Je veux dire, bien sûr, il avait le corps le plus délicieux sur lequel j'avais posé les yeux, mais si ce n'était à cause de cette insupportable Frénésie, j'aurais été trop dégoûtée par son comportement pour vouloir à nouveau de lui sur moi.

Je frissonnais encore à l'idée de ce qui se serait passé si Josh n'était pas arrivé. J'étais probablement plus en danger avec Aiden là-bas qu'après son départ.

Je n'allais certainement pas lui dire quoi que ce soit sur l'apparition de la femme. C'était un con, et j'avais besoin de me défouler.

Même s'il m'avait marquée, je n'étais pas sa propriété. Ce soir, j'allais revendiquer tout ce qu'il avait essayé de me prendre.

– Michelle, j'ai crié, allons nous éclater.

ÉPISODE 14

LE CLUB

Sienna

Je portais ma toute nouvelle minijupe en tartan rouge et noir avec des bottes en cuir noir à talons plats, des collants, un crop top et une veste en cuir noir par-dessus.

Je m'étais fait les ongles pour qu'ils soient assortis au rouge de ma jupe et coiffé les cheveux en mèches désordonnées qui tombaient dans mon dos et sur mes épaules comme une cascade de cuivre. J'ai ajouté de l'eye-liner, du mascara et du rouge à lèvres bordeaux. Pour finir, j'ai mis ma manchette d'oreille préférée et des clous en argent avec des bagues assorties.

J'avais l'air punk et sexy, et j'adorais ça.

Quand les filles sont venues me chercher, elles m'ont couverte de compliments. Michelle a même dit que j'étais assez sexy pour qu'elle me morde, ce qui pour les loups-garous est le plus beau compliment qui soit.

Le Lupin n'était ouvert que depuis quelques semaines, mais grâce au battage médiatique qu'ils avaient organisé, il y avait de longues files d'attente devant tous les soirs.

Erica nous avait obtenu des pass VIP – un de ses frères avait des contacts avec tous les videurs du centre-ville, y compris ceux du Lupin – et nous sommes entrées sans avoir à patienter.

Je me suis toujours sentie un peu coupable de ne pas faire la queue, surtout quand les gens qui attendent vous regardent avec envie, mais ce soir je m'en fichais. J'étais là pour me lâcher et oublier ce stupide loup-garou qui avait osé me marquer.

L'entrée du club était basse, ce qui donnait l'impression de pénétrer dans une grotte. À gauche se trouvait bar éclairé par des lumières qui clignotaient au rythme de la musique, dessinant tout autour des motifs apaisants. À droite, le vestiaire où nous avons déposé nos vestes, et un escalier menant à la mezzanine qui surplombait la piste de danse.

Celle-ci était ronde et s'ouvrait sur un atrium, où de magnifiques jeunes femmes dansaient langoureusement à l'intérieur de grandes cages accrochées aux poutres du plafond.

Humains et loups-garous se massaient autour du bar pour commander leurs boissons.

J'ai regardé la piste de danse, qui était remplie de gens qui se déhanchaient. Le DJ qui mixait depuis son perchoir incitait de temps en temps les clients à faire plus de bruit.

Michelle s'est dirigée vers le bar et a commandé une tournée de vodka.

– Tu crois qu'on devrait en prendre d'autres puisqu'on est là ? a-t-elle crié par-dessus la musique.

Nous avions déjà commencé à boire dans le taxi, mais Michelle n'était pas du genre à se ménager.

– Deux tournées au moins, a répondu Mia. Je ne suis plus sur le marché maintenant ! Vous entendez ça, les gars ? Vous n'avez aucune chance avec cette bombasse, a-t-elle hurlé en secouant ses fesses.

Nous avons pris les shots au bar avant de trouver une table haute sur laquelle nous avons pu poser notre bocal rempli de curaçao bleu, de gin, de tequila, de rhum et de vodka. Nous nous sommes serrées autour.

Nous avons chacune pris une paille et avons aspiré en même temps aussi longtemps que nous le pouvions.

Michelle et moi avons tenu le plus longtemps, mais je l'ai battue. Elle se considérait comme la « fêtarde » de notre groupe, donc c'était un coup dur pour son ego. Erica a gloussé :

– Demain, ça va craindre ! Je suis un tel poids plume.

– Alors allons sur la piste de danse tant que tu peux encore tenir debout, j'ai proposé, ce qui ne me ressemblait pas, car je n'étais pas une bonne danseuse.

La seule chose que je savais faire dans la vie, c'était peindre, mais j'avais assez de rythme pour bouger mes pieds et mes hanches en suivant la musique.

Nous nous sommes frayé un chemin jusqu'au milieu de la piste et nous nous sommes mises à danser.

Les hommes se sont approchés et ont flirté avec Erica, ce qui était normal puisqu'elle n'était pas marquée ou accouplée, mais à ma grande surprise, ils me draguaient aussi. Soit ils ne me reconnaissaient pas, soit ils ne se souciaient pas du fait que j'avais la marque de l'Alpha à la base du cou.

Compte tenu des récents événements avec Aiden, j'ai conclu sans l'ombre d'un doute que ces hommes étaient des porcs et qu'ils étaient prêts à risquer n'importe quoi, y compris leur vie, pour s'envoyer en l'air.

– Je ne comprends pas, j'ai crié à Mia par-dessus la musique après avoir à nouveau repoussé un mec lourdingue. Je suis marquée comme toi, alors pourquoi est-ce qu'ils me draguent encore ?

– Parce que ma marque est une marque d'accouplement, pas la tienne.

Encore une fois, j'ai pu constater que mon manque d'expérience en matière d'accouplement m'avait fait manquer certaines connaissances élémentaires.

– La marque d'accouplement est d'un rouge doux sur les bords alors que la tienne est plus meurtrie et violette. Les loups-garous mâles peuvent sentir la différence, afin d'éviter tout problème sérieux, a-t-elle expliqué.

Que j'aie une marque d'accouplement ou non, n'importe lequel de ces gars aurait de sérieux problèmes si Aiden découvrait qu'ils essayaient de me ramener à la maison. Et j'adorais ça.

Au bout d'une heure, Michelle a emmené Erica aux toilettes parce qu'elle se sentait mal.

Je suis restée sur la piste de danse avec Mia, m'éclatant dans tous les sens comme si j'étais chez moi, dans ma chambre, sans personne pour me regarder.

L'effet des boissons a commencé à se faire sentir. Mia et moi étions constamment accrochées l'une à l'autre pour garder l'équilibre, et j'étais heureuse de ne pas avoir décidé de porter des talons. Sinon, je me serais certainement fait une entorse à la cheville.

Le DJ a mis une chanson reggaeton sensuelle qui a poussé tout le monde à se mettre en couple. Un type s'est approché de moi avec un sourire suggestif et m'a tendu la main.

C'était un loup-garou non accouplé – et apparemment sans partenaire – qui était clairement dominant, car il soutenait mon regard sans problème. Il était aussi plutôt sexy, avec des cheveux dorés, des yeux sombres sexy et un physique maigre et bien découpé.

– Salut, femme sexy, a-t-il dit en prenant ma main et en pressant ses lèvres près de mon oreille.

– Salut, j'ai répondu en jetant un coup d'œil en coin à Mia.

Elle m'a fait un clin d'œil et s'est enfuie vers le bar, me laissant seule avec ce mignon loup-garou. L'intimité ne me dérangeait pas. De plus, s'il tentait quoi que ce soit, je pouvais lui botter les fesses. J'avais combattu cinq mâles seule dans les bois. Alors, un seul dans un club plein de gens ?

– Quel est ton nom ? a-t-il demandé en levant les sourcils vers moi en signe d'invitation ouverte.

– Pas de nom, j'ai répondu.

Il était simplement un beau visage à regarder et un beau corps avec qui danser. Je voulais que ça reste comme ça.

Je sais que j'aurais dû refuser. Aiden n'aurait qu'à sentir ma peau pour savoir qu'un autre homme m'avait touchée.

Ce pauvre bâtard. Il voulait clairement me baiser, mais ça n'arriverait pas.

Il m'a fait tourner et a mis ses mains sur mes hanches, attirant ma taille contre son entrejambe. Au début, c'était amusant d'avoir les mains d'un autre homme sur moi, mais plus la chanson durait, plus c'était inconfortable. Ce n'était pas comme le contact d'Aiden, qui enflammait ma peau et me faisait mal. Je n'ai rien dit et j'ai continué à danser. Après tout, j'étais là pour m'amuser, pas pour m'enflammer.

J'ai senti sa prise s'intensifier. Il se pressait de plus en plus fort contre moi, balançant le bas de son corps avec le mien. Quand son érection derrière son jean s'est enfoncée contre moi, j'ai su qu'il était temps d'arrêter. J'ai essayé de me dégager de sa prise, mais il ne voulait pas lâcher. Il m'a seulement serré plus fort et a commencé à remonter ma jupe.

– Lâche-moi ! j'ai crié, mais mon cri a été étouffé par les basses.

– Qu'est-ce qu'il y a, bébé ? m'a-t-il demandé, essayant de la jouer cool.

– Va te faire foutre, sale type !

– Pourquoi ? (Sa voix était sombre, pleine de désir.) On s'amuse.

– Je ne m'amuse pas avec toi, j'ai craqué, le cœur battant la chamade dans ma poitrine. Laisse-moi partir, putain !

Soudain, j'ai réalisé que pendant que nous dansions, il nous avait poussés vers le bord de la piste de danse et me tirait maintenant dans un coin sombre, près de la sortie arrière.

Le sang m'est monté au visage.

– Tu devrais savoir qu'il ne faut pas taquiner un homme Frénétique, bébé, a-t-il grogné.

Et soudain je me suis retrouvée dehors dans l'air glacial de novembre, ma transpiration gelée, avec l'adrénaline qui me traversait, faisait trembler mon corps de façon incontrôlable. Il m'a plaquée contre le mur de briques de la ruelle vide, les yeux lumineux et pleins de désir.

Maintenant, je ne pouvais plus cacher ma panique.

– Qu'est-ce que tu crois que tu fais ? j'ai crié.

– Allez, bébé, détends-toi, a-t-il dit.

Ses mains, comme des clous, s'enfonçaient dans mes hanches.

– Je veux retourner à l'intérieur, j'ai insisté.

– Ne t'inquiète pas, on va le faire. Restons ici un moment, profitons de l'air frais… apprenons à nous connaître.

Il m'a regardée d'un air sournois. J'avais compris son intention, je savais ce qu'il voulait et je devais m'éloigner de lui de toutes les façons possibles.

– J'ai froid. Je dois retourner avec mes amis, ai-je répondu en essayant de le repousser.

Il s'est penché, essayant de m'embrasser.

– Non, arrête !

Il a poussé sa main sur mon sein et l'a tripoté violemment.

– Détends-toi, bébé, je ne vais pas te faire de mal.

– Non !

Je me débattais contre sa prise. J'ai essayé de donner des coups de poing, de coude et de genou, mais il était plus fort que je ne l'avais pensé, et les effets de l'alcool m'avaient rendue faible et peu coordonnée.

Je me sentais impuissante alors que sa bouche et ses mains me violaient.

Il a serré ma poitrine à nouveau, et j'ai hurlé :

– Stop !

Mais il ne s'arrêtait pas, il ne parlait pas. Il n'avait qu'une seule chose en tête. Il m'a soulevée contre le mur et a déchiré mes collants, étouffant ma bouche de sa main.

Les larmes me brûlaient les yeux, il trifouillait sa braguette, les yeux fous.

Personne ne viendra te sauver, j'ai pensé. Les mots m'ont transpercée comme le vent froid qui fouettait la ruelle vide.

C'est exactement ce qu'elle a dû penser. *Personne ne vient te sauver.*

Et pendant une seconde, j'ai pu la voir. Emily. Se débattant, criant, implorant de l'aide.

J'ai fermé les yeux pour repousser cette image, j'ai tenté d'ignorer ses doigts glacés qui brûlaient ma peau et me faisaient ressentir de la colère, des regrets et de l'impuissance. Je me suis sentie quitter mon corps, et quand j'ai baissé les yeux, ce n'était plus mon corps que je voyais mais celui d'Emily. J'ai essayé de crier à ce bâtard de la lâcher, mais aucun son ne sortait. J'ai essayé de le frapper, mais mes mains ont traversé son corps.

Emily. Non. Pas encore. Je suis là, cette fois.

Je suis revenue à moi. *Quelqu'un, n'importe qui, aidez-moi !*

J'ai lutté pour garder mes jambes fermées et protéger mes parties intimes, mais il a utilisé sa cuisse pour écarter les miennes et m'a arraché la main avec facilité.

Soudain, un terrible grognement a rempli l'air, et j'ai senti le poids du corps de mon agresseur disparaître dans un cri déchirant.

J'ai ouvert les yeux, choquée. C'était vraiment lui ?

ÉPISODE 15

LE CONTE DE FÉES

Sienna

Je n'avais jamais vu Aiden aussi terrifiant : les poils dressés sur la nuque, les canines sortant de sa bouche hargneuse, penché sur mon agresseur avec une soif de sang dans les yeux.

L'homme s'est défendu, mais Aiden l'a facilement maîtrisé, le plaquant contre le mur. Il a frappé les côtes de ce bâtard encore et encore dans une rage animale jusqu'à…

CRAC. J'ai eu un choc en entendant ses côtes se briser. Je l'ai regardé s'écrouler sur le sol. Un homme défait, pathétique.

Des larmes ont commencé à couler sur mon visage.

Emily. Oh mon Dieu. C'est ce qu'elle avait vécu quatre ans auparavant.

Complètement impuissante et effrayée, paralysée et incapable d'appeler à l'aide. Un sentiment d'obscurité totale. Personne n'était là pour elle. Je n'étais pas là.

En regardant Aiden traîner le corps de l'homme dans la ruelle, je me suis presque sentie coupable, coupable d'avoir survécu et pas elle.

Je voulais me lever et m'enfuir, mais je ne pouvais pas bouger.

Emily, son violeur, mon agresseur, ils ont tous continué à défiler devant mes yeux. J'avais envie de vomir les sentiments tordus qui m'habitaient.

J'ai tressailli quand Aiden s'est agenouillé et m'a entourée de ses bras.

– Je ne vais pas te faire de mal, a-t-il dit doucement.

Cela allait à l'encontre de chaque fibre de mon être, mais je l'ai laissé me soulever et me porter jusqu'à sa voiture. Je ne m'étais jamais sentie aussi vulnérable, mais quelque chose dans la chaleur de sa poitrine et dans son étreinte me faisait me sentir en sécurité.

Ma Frénésie ne s'est pas enflammée. Ce sentiment était différent.

– Où m'emmènes-tu ? j'ai demandé, toujours tremblante.

– Chez moi, a-t-il répondu calmement. Je te promets que je n'ai pas l'intention de profiter de toi. Je veux juste être là pour toi.

Mes amis étaient toujours à l'intérieur du club, ignorant tout des horreurs qui venaient de se produire à l'extérieur, et je voulais que cela reste ainsi. Je ne voulais pas les affronter ce soir. Rentrer à la maison n'était pas une option non plus. Mes parents m'auraient regardée et auraient tout de suite compris que quelque chose n'allait pas. Je n'étais pas prête pour les questions, la pitié ou le jugement.

Suivre Aiden était ma meilleure option. Je ne lui faisais toujours pas confiance, mais ce qu'il venait de faire pour moi… Cela me rendait malade de penser à ce qui serait arrivé s'il n'avait pas été là.

Le comportement d'Aiden avait complètement changé, il n'était plus l'homme féroce qui avait malmené mon agresseur, quelques instants plus tôt. Il était attentionné et gentil.

Même si je lui en voulais de m'avoir marquée et forcée à assumer la responsabilité d'être sa compagne, je ne pouvais pas nier que je voulais qu'il soit là pour moi. Je ne savais pas combien de temps cela durerait, puisque cette chose entre nous était imprévisible comme l'enfer, mais j'étais prête à lui donner une chance.

Il avait dit qu'il voulait être là pour moi ? Et bien, qu'il le prouve.

Finalement, j'ai cédé, laissant ma tête reposer sur son épaule. Il m'a doucement installée sur le siège passager, et nous avons roulé en silence. En regardant les bâtiments et les arbres disparaître par la fenêtre, j'ai essayé d'effacer les souvenirs de cette soirée, mais cela semblait impossible.

Si je me sentais effrayée par ce qui s'était passé, Emily avait dû être hantée par ce qu'elle avait vécu.

J'ai enfoncé mes ongles dans les sièges en cuir de la voiture. Je ne voulais plus jamais me sentir aussi impuissante. Je ne laisserais plus jamais un homme me faire ressentir ça.

J'ai jeté un coup d'œil à Aiden, et ma poitrine s'est serrée. Je ne pouvais plus rester dans cette voiture. J'avais besoin d'être ailleurs, en sécurité.

Au moment où je commençais à paniquer, Aiden s'est engagé dans son allée et j'ai eu l'impression d'entrer dans un rêve, comme si l'espace le plus sûr et le plus accueillant venait de se manifester.

Un petit pont pavé traversait un ruisseau, menant à un modeste manoir entouré de cornouillers et d'un jardin fleuri parfaitement entretenu. C'était comme un conte de fées.

Peut-être que je ne savais pas tout sur Aiden après tout ?

Il a dû sentir ma surprise, car il a souri à mon expression fascinée.

– Pas ce que tu attendais ?

Je n'ai pas répondu, j'étais sans voix.

Comprenant mon état, il m'a aidée à sortir de la voiture et a posé sa main sur le bas de mon dos, me guidant doucement vers la porte. Ça ne m'a pas dérangée.

Je me sentais en sécurité en sa présence, ce qui n'était pas un sentiment que je pensais ressentir avec Aiden. Je n'avais pas l'impression que quelqu'un essayait de me contrôler. C'était comme si quelqu'un essayait de me réconforter.

***

Seul le crépitement du café brisa le silence assourdissant qui s'était installé entre nous, assis l'un en face de l'autre sans se regarder dans les yeux.

Bien sûr, aucun de nous ne savait quoi dire. Que dire à un homme que je venais de voir briser un autre homme en deux ? Que dire à une femme qui venait presque de se faire violer ? Les mots allaient-ils vraiment arranger les choses ? Non, mais au moins sa présence était réconfortante.

Finalement, Aiden a rompu le silence, mais j'aurais préféré qu'il ne le fasse pas.

–Pourquoi étais-tu avec cet homme au club ?

–Qu'est-ce que tu me demandes exactement ?

Je me suis sentie rougir. Il a ajouté :

–Tu n'aurais jamais dû être seule avec un autre homme pendant une Frénésie. C'est la putain de saison. Pourquoi t'es-tu mise dans cette position ?

Je me suis levée brusquement.

–Tu es sérieux ? Tu insinues que ce qui m'est arrivé est de ma faute ?

–Ne crie pas. Je ne disais pas ça.

–Comment m'as-tu trouvée ? Tu me suivais ?

–Il est de mon devoir de savoir où tu es à tout moment, Sienna. En tant que femme marquée, tu ne devrais pas…

–Et à qui la faute ? j'ai répliqué. C'est toi qui m'as marquée ! Contre ma volonté ! Tu m'as forcée à devenir Frénétique, Aiden ! Tu m'as privée de mon libre arbitre pour répondre à tes besoins égoïstes !

–Tu ne comprends pas qu'une fois que la saison a commencé et que tu es marquée, la Frénésie ne partira pas à moins que tu ne cèdes et que tu fasses l'amour avec celui qui t'a marquée ?

– Je le sais ! j'ai hurlé, furieuse. C'est pour ça que je ne voulais pas être marquée !

– Tu me voulais à la Maison de la Meute. Ne le nie pas !

Il n'était pas en train de me draguer. Il n'aurait jamais osé après ce qui s'était passé au club. Mais je me retrouvais quand même à flancher, incapable de faire la part des choses entre le passé et le présent.

– Tu n'as aucune idée de ce que je veux ! Reste juste loin de moi !

Il s'est avancé vers moi, sans aucune intention agressive, mais j'avais toujours l'impression de manquer d'espace en sa présence, me retrouvant une fois de plus coincée contre un mur.

– S'il te plaît, tu es trop près, tu… ai-je crié.

Mes yeux se sont remplis de larmes et j'ai détourné le regard, honteuse de me sentir si faible.

Aiden s'est arrêté dans son élan, l'air surpris. Il a attrapé mon menton et m'a obligée à le regarder. Il ne s'avançait pas vers moi pour me blesser ou me baiser. Il se rapprochait pour me réconforter.

– Sienna, a-t-il dit, je ne vais pas profiter de toi. Ni maintenant ni jamais. Tout ce que je veux, c'est te protéger.

Il m'a serrée dans ses bras, et je me suis abandonnée.

– Tu n'aurais pas dû me marquer, ai-je dit, la voix étouffée dans sa poitrine.

Il a soupiré et, soudain, je me suis retrouvée assise sur ses genoux, serrée encore plus étroitement contre lui.

– Il y a quelque chose entre nous. Aucun de nous ne peut le nier. Je l'ai senti quand je t'ai marquée, mais je l'ai même senti la première fois que je t'ai vue, au bord de la rivière.

– Tu te souviens de ça ? j'ai demandé, incrédule.

– Bien sûr que je m'en souviens, a-t-il dit tranquillement en resserrant son étreinte. Je sentais déjà ton pouvoir à l'époque. Ton parfum dégageait une force et une sensualité auxquelles je n'ai pas pu résister.

Je me suis dégagée.

– Je n'ai pas été forte ce soir. Au contraire, j'ai été faible.

– Arrête ! Ce que j'ai dit il y a une minute… j'avais tort. Laisse-moi te dire quelque chose. Ton odeur m'a frappé au moment où je suis entré dans ce dîner. Ce n'est en général pas quelque chose qui se produit quand je suis sous ma forme humaine, j'ai été déstabilisé. La Frénésie m'a frappé, et j'ai dû te suivre pour en savoir plus sur toi, pour être simplement en ta présence. Je n'ai jamais été subjugué par quelque chose de plus puissant dans ma vie. C'est ça ta force, le genre de pouvoir que tu as sur moi. C'est pour ça que je t'ai marquée.

Je me suis relevée et je l'ai regardé comme si je regardais un étranger.

Mais qu'est-ce qu'il disait ? Aucun de nous deux n'était Frénétique, et pourtant il me regardait avec un désir indubitable dans les yeux, juste un désir différent, un désir d'être proche de moi.

– Pourquoi me dis-tu tout ça ?

– Parce que je pense que tu pourrais être ma compagne.

ÉPISODE 16

LE BAISER

Sienna

Ce que venait de dire Aiden ne pouvait pas être vrai, n'est-ce pas ? On reconnaît son compagnon à l'instant où son regard se pose sur lui. J'avais croisé le regard d'Aiden des dizaines de fois, mais les seuls sentiments que j'avais ressentis étaient la rage et le regret.

– Tu mens, ai-je lâché, la gorge sèche. Je sais comment le processus d'accouplement fonctionne, et si nous étions accouplés, nous le saurions maintenant !

– Je suis l'Alpha. Les règles ne s'appliquent pas à moi. La seule façon que j'ai de savoir si tu es ma compagne est de passer du temps avec toi, et que nous nous rapprochions.

– Nous rapprocher ? Bien sûr, j'ai répondu, sceptique. Au lit, je suppose ?

– Quand un Alpha rencontre sa compagne potentielle, ses émotions s'emballent. Il doit se fier à ses sens et à rien d'autre. D'abord, il la marque, puis il la laisse venir volontairement dans son lit pour sentir sa domination et voir si elle est capable de le gérer.

Mon cœur a commencé à battre la chamade quand Aiden s'est rapproché.

– Nous savons tous les deux que tu as largement assez de caractère pour diriger une meute. Tu es belle, dominante, et tu me fais tourner en bourrique. Personne n'a ce pouvoir sur moi, à part toi.

Était-il réellement sous mon influence ? Ses mots m'ont donné envie qu'il me touche partout.

Qu'est-ce qui n'allait pas chez moi ce soir ? La Frénésie devenait insupportable.

Il sentait mon besoin physique, mais il savait aussi ce que je venais de vivre. Il a doucement mis ses bras autour de ma taille.

– Tu en veux plus ? a-t-il demandé.

Oui, putain, j'en voulais plus. J'étais fatiguée de le refouler, mais c'était la Frénésie, pas moi. Il y avait une chance qu'il soit mon compagnon, mais s'il ne l'était pas ?

Alors que je reculais, Aiden a senti mon inquiétude car il s'est détendu et m'a délicatement fait asseoir sur le bord du lit, en posant sa main sur mon visage.

Sans prévenir, il s'est penché et ses lèvres ont trouvé les miennes. Tout a disparu, et mon monde s'est transformé en une explosion sensorielle de sentiments, chacun de mes sens était exacerbé.

J'en rêvais depuis si longtemps, mon premier baiser.

J'étais submergée par l'émotion, pas seulement à cause du baiser, mais du club, de la Frénésie, de tout. Quand je me suis effondrée, Aiden m'a prise dans ses bras.

Allongée sur le lit, je me suis blottie contre son corps jusqu'à ce que les larmes coulent. Mon esprit s'est finalement éteint, m'autorisant à m'endormir.

***

J'ai gardé mes distances avec Aiden pendant plusieurs jours après l'incident au club. J'avais besoin d'espace pour surmonter ce qui avait failli m'arriver, et comme la Frénésie ne se souciait pas de ce qui était approprié, cela me semblait être la meilleure décision.

Mais après ce baiser, je ne pensais qu'à lui. Je n'avais pas vraiment eu l'occasion de le remercier après qu'il m'avait ramenée à la maison cette nuit-là, alors je me suis retrouvée sur le pas de sa porte une fois de plus.

Avant que je puisse frapper, il a ouvert la porte.

– Sienna.

Il a souri.

– Je pensais t'avoir sentie.

Mon Dieu, après des jours de séparation, rien que de le voir, ma Frénésie passe à la vitesse supérieure.

– Je… euh… je suis juste venue te remercier pour l'autre soir, j'ai balbutié. Tu as été là pour moi quand j'en avais besoin.

Aiden m'a fait entrer et m'a prise dans ses bras.

– Tu n'as pas à me remercier. Je ne laisserai jamais personne te faire du mal. Tu dois le savoir.

Je voyais qu'il le pensait. Pourtant, j'avais besoin de le remercier. Sans mots.

Cette fois, c'est moi qui l'ai embrassé.

Et maintenant sa bouche était sur la mienne, me mordillant d'abord puis plus intensément, jusqu'à m'amener à un état d'extase.

J'ai entrouvert les lèvres, et quand sa langue a effleuré la mienne, j'ai succombé à la chaleur.

Le baiser a commencé lentement, nos bouches se testant l'une l'autre, découvrant ce que l'autre aimait, mais aucun de nous ne pouvait plus se retenir, et avant que je ne le réalise, nous nous embrassions comme si nous étions deux loups affamés et voraces.

Nos bouches toujours scellées l'une à l'autre, nous avons atterri dans la chambre et il m'a allongée sur le lit. Ses yeux qui observaient mon corps étaient pleins d'un désir pur.

Ses gestes étaient lents et méthodiques, comme s'il hésitait à me toucher. Il a caressé la marque que ses lèvres douces avaient faite sur mon cou.

Les poils de mon corps se sont dressés en sentant son souffle chaud sur ma marque.

Il y a déposé un baiser, puis a laissé sa langue jouer autour de l'ecchymose, me faisant frissonner de façon incontrôlable.

Puis il a mordu, au même endroit, et j'ai presque explosé sous l'effet de la sensation brutale de la Frénésie. Ma vision s'est brouillée et j'ai crié, non pas à cause de la douleur mais du plaisir incomparable qui a envahi mon corps.

J'étais sûre que ce genre de sentiment ne pouvait venir que du pouvoir d'un véritable Alpha. J'ai perdu le contrôle de mon loup, et mes ongles se sont transformés en griffes que j'ai plantées dans son dos, déchirant sa chemise, ce qui l'a fait grogner de surprise.

J'allais laisser mes propres marques, fines et rouges, sur son dos.

En représailles, il m'a retournée sur le ventre, remontant ma robe jusqu'à la taille et pressant son entrejambe contre mon cul tout en agrippant mes hanches. Il a retiré ma culotte, puis sa main s'est faufilée entre mes jambes et il m'a pénétrée.

Après des années de masturbation solitaire, je n'avais jamais imaginé à quel point c'était meilleur d'avoir les doigts de quelqu'un d'autre en moi. Maintenant je réalisais ce que je manquais.

L'orgasme m'a déchirée en deux. J'étais soudain impatiente de découvrir ce que je ressentirais avec quelque chose de plus gros en moi.

Mon Dieu, la Frénésie était en train de prendre le dessus. Je n'avais pas les idées claires. Je savais juste que le plaisir était si intense que je ne voulais pas qu'il s'arrête.

Pourquoi n'avais-je pas laissé cela se produire plus tôt ? Je n'arrivais plus à réfléchir. Aiden a commencé à défaire son pantalon.

Ce serait ma première fois ?

Non, il n'est pas encore mon compagnon.

Mais en quoi cela est-il important ?

J'avais mal à la tête. Aiden a écarté mes jambes, et un sentiment nauséeux a envahi le creux de mon estomac.

Non… Emily. Pas comme ça.

– Non, arrête… STOP. Je ne veux pas aller plus loin, ai-je crié.

Aiden a haussé un sourcil, pensant que nous jouions encore à un jeu.

– Tu es toujours Frénétique, a-t-il murmuré, ses lèvres contre les miennes. Et moi aussi. Tu ne veux pas que je t'aide à te soulager ?

– Non ! Je ne sais pas encore si tu es mon compagnon, et je ne sais pas si tu le seras un jour !

J'en voulais à la Frénésie d'être si dure, mais je n'avais pas la force de lutter contre mon désir.

Je me suis relevée en essayant de reprendre un peu de contenance. Aiden ne cachait pas son étonnement quand, tout à coup, il a compris.

– Sienna, a-t-il grogné, tu es vierge ?

Mon cœur s'est arrêté. Je voulais lui dire n'importe quoi sauf la vérité, mais pour une raison qui m'a échappé, j'ai ouvert la bouche et prononcé un timide :

– Oui.

Son expression de confusion en disait long. Pour un loup-garou, c'était inouï d'être vierge à mon âge. Le sexe est ancré dans nos êtres, mais j'avais mes raisons de rester vierge, et Aiden n'avait pas à les connaître.

C'était mon fardeau à porter, ma promesse à tenir.

– Pourquoi ? m'a-t-il demandé.

J'ai baissé mon regard vers mes mains moites.

– Aiden… j'ai commencé, hésitante.

– Réponds à ma question, Sienna.

La Frénésie se calmait et je reprenais mes esprits, mais j'allais avoir du mal à formuler une réponse claire. Aiden ne pouvait pas comprendre à quel point l'histoire d'Emily m'avait affectée et à quel point j'étais complice de ce qui s'était passé.

J'ai serré les poings, enfonçant mes ongles dans ma peau, pour tenter de chasser ces souvenirs amers.

– Je me réserve pour mon compagnon, ai-je dit, sans être tout à fait convaincante. Je ne veux pas donner quelque chose de spécial à quelqu'un que je n'aime pas vraiment

Aiden savait que je ne racontais pas toute l'histoire. Il s'est approché de moi et a desserré mes poings. Le sang a coulé lorsque mes griffes se sont rétractées. Il m'a regardée avec une profonde inquiétude, mais je n'ai pu que détourner le regard.

– Sienna, j'ai besoin que tu me dises ce qui se passe. Je ne peux pas laisser passer ça.

– S'il te plaît, ne m'oblige pas à faire ça… je ne peux pas, ai-je plaidé.

– Quoi que ce soit, c'est clairement en train de te déchirer à l'intérieur, a grogné Aiden. Je ne peux pas l'ignorer et faire comme si tout allait bien ?

– Je ne suis pas ta compagne. Ce n'est pas ta responsabilité de prendre soin de moi, j'ai rétorqué.

– Tu es devenue ma responsabilité quand je t'ai marquée !

J'ai vu qu'il n'allait pas reculer, mais je n'allais pas le faire non plus. Lorsque deux personnes se retrouvent dans une impasse, l'une d'entre elles doit faire des compromis, et j'étais fatiguée.

– Écoute, si tu laisses tomber, je…

J'ai hésité.

– Je ferai n'importe quoi.

– N'importe quoi ?

À contrecœur, j'ai hoché la tête pour dire oui.

– Tu emménageras ici demain pour que je puisse garder un œil sur toi. Pas d'excuses, pas de délais. Demain.

– Je ne coucherai pas avec toi, lui ai-je dit, histoire qu'il ne se fasse pas d'idées. Pas avant que nous sachions si tu es mon compagnon ou pas. De plus, tu n'as pas le droit de me dominer. Je ne vais pas te laisser me donner des ordres, donc si tu imagines que je vais devenir ta propriété en emménageant ici, je sortirai les griffes et arrêterai de jouer à la gentille.

Il m'a fait un sourire diabolique.
– Il n'en sera pas autrement.

ÉPISODE 17

LE COMPROMIS

Sienna

– Dis-moi encore une fois pourquoi tu fais ça ? a demandé mon père, n'essayant même pas de cacher l'inquiétude dans sa voix.

– On en a déjà parlé, Peter, a soupiré ma mère. L'Alpha ne peut pas être le compagnon de Sienna si nous la gardons enfermée ici. Elle a besoin d'espace pour respirer.

– On ne sait pas si c'est mon compagnon, je l'ai corrigée.

Le choix des mots de ma mère était ironique, étant donné que je serais bien plus étouffée et confinée dans la maison d'Aiden qu'ici.

Mon père m'a serrée dans ses bras.

–Je sais que tu dois découvrir si c'est ton compagnon ou non, mais cela ne veut pas dire que je ne vais pas m'inquiéter pour ma petite fille. J'aimerais que tu restes.

Plus j'y pensais, plus je savais que c'était ce que je devais faire, que je le veuille ou non. Je ne saurais jamais si Aiden et moi avions une réelle chance d'avoir une relation si je ne tentais pas le coup, même si j'avais des doutes sur ses intentions.

J'ai serré mes deux parents dans mes bras.

– Ne vous inquiétez pour moi. Je vous promets que tout ira bien.

– Oui, bien sûr… a dit maman en fondant en larmes. Ma petite dernière quitte la maison et s'accouple avec un Alpha. Je ne peux pas croire que tu es devenue une adulte !

Je me suis souvenue de la façon dont mes parents avaient réagi lorsque Selena avait déménagé. C'était la même chose. Même si elle était leur fille par le sang et que j'avais été adoptée, cela ne faisait pas la moindre différence pour eux.

Je les aimais d'autant plus pour ça. Ils allaient me manquer. Parents biologiques ou non, ils étaient les miens. Et peut-être que ma mère était mélodramatique, mais là, j'appréciais.

– Je reviendrai bientôt, détendez-vous, ai-je dit en les embrassant une dernière fois.

L'étreinte de ma mère était un peu trop forte pour être confortable.

Heureusement, le klaxon d'une voiture a retenti, m'offrant une échappatoire.

– Ce doit être mon chauffeur ! Je dois y aller, je vous aime ! j'ai crié en sortant.

Dehors, Josh m'attendait. Il avait un sourire suspicieux sur le visage. Il a pris mes deux valises et les a mises dans le coffre pendant que je m'asseyais sur le siège passager.

Puis il est remonté en voiture et a fait vrombir le moteur à plein régime comme un garçon de fraternité qui part en virée. Pourtant, j'avais bien peur que ce ne soit pas un voyage agréable.

Nous avons roulé dans un silence gênant pendant un moment avant que Josh ne finisse par me regarder.

– C'est un plaisir de te rencontrer officiellement, Sienna Mercer, a-t-il dit avec ce sourire étrange. Je suis Josh Daniels, le Bêta de la meute de la côte Est.

– Oui, je sais, ai-je dit, essayant toujours de lire en lui. Ça doit être gratifiant d'être choisi pour ce poste.

– Ta position aussi est gratifiante, a dit Josh d'un ton accusateur. Pendant qu'on est là, tu peux m'expliquer comment tu as fait ?

– Pardon ?

Je savais qu'il y avait quelque chose qui n'allait pas dans ce faux sourire.

– Ne sois pas modeste.

Sa voix était pleine de sarcasme à présent.

– Il faut que tu me donnes ton truc. Comment as-tu fait pour que l'Alpha te marque ?

Je n'allais pas rester assise à écouter ces conneries.

– Mon truc ? Tu crois que j'ai eu le choix ? Et d'abord, qu'est-ce qui te donne le droit de douter de mes motivations ?

– Je suis le Bêta. C'est un peu mon travail, et si tu profites de lui quand il est vulnérable, je serai le premier à le savoir.

– Si tu es si curieux à mon sujet, pourquoi tu ne demandes pas à ton meilleur ami pourquoi il m'a marquée ?

– J'aimerais bien, mais Aiden refuse de répondre à mes questions sur toi.

Son air renfrogné s'est accentué.

– Il a été si secret sur la raison pour laquelle il t'a marquée. Nous sommes tous perplexes.

Il m'a regardée.

– Je me suis porté volontaire pour venir te chercher dans l'espoir que tu m'éclaires sur cette petite relation que vous avez entamée tous les deux.

– Si Aiden ne t'a rien dit, alors pourquoi le ferais-je ? Peut-être que tu essaies juste d'obtenir des informations pour les utiliser contre lui.

Josh s'est massé la tempe en signe de frustration.

– J'aurais vraiment dû laisser Jocelyn s'occuper de ça. Elle a l'habitude de traiter avec des personnes étranges.

– C'est logique, vu ses antécédents amoureux, ai-je rétorqué.

Josh a plissé les yeux.

– Je vais être franc avec toi. Je ne pense pas que tu sois assez forte ou assez mature pour gérer une domination aussi puissante que la sienne, et peu importe que tu penses être une louve dure à cuire.

–Tu me sous-estimes, j'ai répondu en le défiant.

–Le temps nous le dira. Maintenant, sors de ma voiture, a dit Josh d'un air suffisant.

Pendant notre dispute, je n'avais pas réalisé que nous étions déjà arrivés à la maison d'Aiden.

Je suis sortie de la voiture de Josh en claquant la portière derrière moi. J'ai attrapé mes valises et j'ai traversé le pont pour rejoindre ma Frénésie de l'enfer.

Une chose était sûre cependant. Je ne laisserais ni Josh ni personne d'autre me sous-estimer.

***

Quand Aiden a ouvert la porte, mes yeux ont été immédiatement attirés par son torse nu et luisant. Ses muscles se gonflaient au moindre mouvement.

Ma Frénésie a commencé à faire des étincelles.

Bon sang, c'est vraiment en train d'arriver ?

Il a essayé de m'attraper pour me faire entrer, mais j'ai réussi à l'esquiver. Il se croyait malin, mais il n'allait pas m'avoir aussi facilement.

–Tu peux porter mes bagages dans la chambre d'amis, ai-je demandé d'un air timide en traversant le hall et en m'assurant d'avoir plusieurs pas d'avance sur lui. Tu vas me faire visiter les lieux ou je dois me débrouiller seule ?

–Oh, tu as été livrée à toi-même pendant trop longtemps. Il est temps que tu laisses quelqu'un d'autre t'aider, a-t-il dit en souriant de ce sourire agaçant et sexy.

J'ai levé les yeux au ciel.

–Je te l'ai dit : pas de sexe. Ça faisait partie de notre accord.

–On était d'accord pour ne pas faire l'amour, a-t-il dit en se renfrognant. Ça ne veut pas dire qu'on ne peut pas s'adonner à d'autres activités.

Malgré mes tentatives pour la contenir, ma Frénésie continuait à grandir. Je faisais de mon mieux, mais c'était presque impossible avec son odeur partout, et lui torse nu à quelques pas de là.

J'aurais aussi bien pu lui présenter mon cul Frénétique sur un plateau d'argent.

Cela ne voulait pas dire que je n'allais pas me défendre.

– Aiden, je suis sérieuse, ai-je dit. Je ne vais pas coucher avec toi. On n'est pas potes et on n'est pas amants non plus. Je veux ma propre chambre, et ce n'est pas négociable.

Nous nous sommes affrontés du regard, chacun affirmant sa domination. Je refusais de reculer, surtout après ce que Josh avait dit. À ma grande surprise, Aiden, tout en grognant légèrement, a pris mes valises et m'a conduite dans la pièce la plus proche, les jetant à l'intérieur.

Je n'en croyais pas mes yeux. Incroyable, Aiden venait de faire une concession ? J'avais fait en sorte que l'Alpha de la meute de la côte Est accepte un compromis !

Peut-être que j'avais une chance de survivre à cette expérience après tout.

Mais il s'est avéré que mon excitation était ma trahison ultime, la Frénésie m'a à nouveau frappée de plein fouet.

Les sens d'Aiden se sont éveillés immédiatement, lui aussi était Frénétique.

Putain, c'est parti.

En quelques secondes, nous nous sommes retrouvés au milieu de la pièce, ses bras autour de moi, mes mains agrippées à ses cheveux de jais. Il m'a poussée sur le lit et est tombé sur moi.

Il a baissé les bretelles de ma robe, exposant mon soutien-gorge, et a léché ma marque, me rendant folle. Sa bouche est descendue jusqu'à mes seins, et j'ai haleté en sentant sa langue et ses dents se promener autour de mes tétons.

J'ai arqué mon dos, essayant de ramener sa bouche vers mon cou, mais au lieu de cela, il a continué à descendre et je me suis retrouvée à enrouler mes jambes autour de ses épaules.

J'ai senti sa langue essayer de percer la fine couche de mes sous-vêtements, et j'ai gémi.

Un sentiment d'irritation m'a traversée. Je voulais un contact peau à peau.

Je voulais qu'il me déshabille. Je voulais qu'on soit tous les deux nus, que nos peaux moites se touchent. C'était une forme de torture de l'avoir si près, mais pas assez à la fois.

J'avais besoin de lui en moi, et j'en avais besoin maintenant.

Je ne pouvais pas attendre que nous découvrions si nous étions des compagnons. Je devais l'avoir ici et maintenant, ou je deviendrais folle.

Merde, reprends le contrôle, Sienna !

J'avais pris le dessus et l'avais poussé à faire des compromis. Je ne pouvais pas tout gâcher maintenant.

– Stop ! j'ai crié. Lâche-moi ! S'il te plaît. Donne-moi de l'espace pour réfléchir.

Aiden a eu l'air exaspéré.

– Sienna, tu ne peux pas continuer à faire ça. C'est naturel de vouloir que tes désirs sexuels soient satisfaits.

– Sors, ai-je ordonné alors que des larmes me montaient aux yeux.

– C'est ma maison, a grogné Aiden. Tu n'es qu'une invitée ici.

– Je suis ton invitée ? j'ai demandé, en m'étouffant. Ou je suis ta prisonnière, l'Alpha ?

Sans attendre sa réponse, j'ai couru à la salle de bains et j'ai verrouillé la porte.

Je me suis déshabillée et me suis assise dans la douche, laissant l'eau couler sur mon visage, chassant mes larmes. J'étais maudite de toujours me sentir comme ça à cause du passé.

Et peut-être que je méritais cette malédiction ? Alpha ou pas, personne ne pouvait m'enlever ces démons.

Pour aggraver les choses, maintenant j'allais côtoyer Aiden tous les jours. Je ne pouvais pas revivre cela quotidiennement. Seulement quelques minutes s'étaient écoulées depuis que j'étais arrivée. Si nous ne pouvions pas survivre moins d'une heure ensemble, comment pourrions-nous survivre pendant les semaines à venir ?

En dix minutes, nous avions réussi à nous disputer, à enflammer notre Frénésie et à nous frotter furieusement l'un contre l'autre avant que je m'enfuie au bord de la crise de nerfs.

Ce n'était pas sain.

En me relevant, j'ai remarqué une fine ligne de sang sur le carrelage de la douche. J'ai senti une lueur d'espoir dans ma poitrine.

Mes règles.

Je suis sortie de la douche et j'ai rapidement vérifié mon calendrier. C'était la période du mois. Mes règles signifiaient pas de sexe, et pas de sexe signifiait garder ma virginité et ma santé mentale intactes pendant une semaine de plus.

Jamais, de toute ma vie, je n'avais ressenti une telle gratitude envers Mère Nature.

ÉPISODE 18

LA FAILLE

Sienna

L'expression du visage d'Aiden, quand je suis sortie de la chambre et qu'il m'a sentie, était hilarante. Il a plissé le nez et a grogné « Putain » avant de retourner dans sa propre chambre et de claquer la porte.

Le sang n'était évidemment pas un obstacle pour les loups-garous, mais pour une raison mystérieuse, le sang des règles faisait fuir les mâles la queue entre les jambes. Et ça m'arrangeait bien.

Au moins, je pourrais éviter toute autre rencontre sexuelle pendant un moment, le temps de trouver un nouveau plan, sans parler du plaisir que j'éprouvais à énerver Aiden. J'étais en train d'apprécier ma petite victoire, quand mon téléphone a sonné.

Michelle : Hey girl, tu viens demain ?
Sienna : Venir ou ?
Michelle : Sienna…

Michelle : Vraiment ?
Sienna : Je suis désolée, je n'en ai aucune idée.
Michelle : On va acheter la robe pour la cérémonie d'accouplement de Mia.
Michelle : Tu le sais depuis longtemps.
Sienna : Oh mon Dieu, j'ai complètement oublié.
Sienna : Les choses ont été si compliquées.
Sienna : Depuis, tu sais...
Michelle : J'ai remarqué...
Michelle : Tu n'as pas été très présente ces derniers temps.
Sienna : Je sais, je sais.
Sienna : C'est juste...
Sienna : Aiden.
Sienna : Et la Frénésie.
Sienna : Et tout ce truc d'emménager ensemble.
Sienna : J'ai l'impression de devenir folle.
Michelle : Je comprends.
Michelle : Tu as beaucoup de choses à faire.
Michelle : Au fait, je vais bien.
Sienna : Quoi ?
Michelle : Rien.
Michelle : Alors tu viens ou pas ?
Sienna : Je vais essayer.
Michelle : Sienna.
Sienna : OK, oui, je viens.
Michelle : On se voit là-bas.

Une hôtesse humaine nous a servi du champagne pendant que Mia essayait différentes robes. Erica et Michelle s'occupaient de sa traîne, la complimentaient sur son style.

J'étais dans un coin, regardant ma flûte de champagne comme si c'était un puits magique qui contenait toutes les réponses à mes problèmes.

– Hé, la Terre à Sienna, a appelé Erica de l'autre côté de la pièce. Est-ce qu'on t'ennuie ?

Je me suis excusée :

– Désolée, je suis juste un peu distraite !

Michelle a fait claquer sa langue en signe d'agacement et s'est mise à boire son champagne à petites gorgées, comme si elle voulait garder sa bouche occupée pour ne pas dire quelque chose qu'elle regretterait.

– Viens ici et aide-moi à enlever cette robe avant que je m'évanouisse, a gloussé Mia. Ce truc est plus serré que mon sexe avant ma première Frénésie.

Michelle a rigolé.

– C'est vrai que tu en as profité. Y a-t-il un homme dans cette ville sur lequel tu n'as pas planté tes griffes à un moment donné ?

– Hé, c'est du passé maintenant, OK ? a répondu Mia. Au moins je peux toujours vivre par procuration à travers vous les filles. Surtout Sienna. Tu dois passer des nuits très excitantes avec ton Alpha sexy. Je suis tellement jalouse, tu n'as pas idée.

– Tu vas t'accoupler à ton meilleur ami ? dit Erica sur un ton de reproche.

– Ouais, je suppose que c'est bien aussi. Laisse-moi juste fantasmer un peu, d'accord ? a répondu Mia tout en renversant du champagne sur l'une des robes.

Elles n'avaient aucune idée de l'inconfort que me procurait toute cette discussion sur le sexe, mais je n'allais pas révéler maintenant, à ce groupe de louves éméchées et en furie, que j'étais vierge.

– Ne m'en parlez pas, j'ai répondu en tentant d'être convaincante. Aiden ne me lâche pas.

Erica s'est pratiquement pâmée.

– Oh, mon Dieu, dis-nous tout.

Merde, je n'avais pas pensé à ça. Alors que Mia se tortillait pour sortir de sa robe, j'ai remarqué un tatouage de licorne qui me regardait fixement depuis le haut de son cul. Oh, merci mon Dieu pour les mauvaises décisions de Mia.

J'ai crié, pour changer de sujet.

– Non, Mia doit me dire tout ce qu'il y a à savoir sur ce tatouage, maintenant !

Mia a levé ses sourcils de manière suggestive.

– Hé, ce qui se passe en privé reste privé. Peut-être qu'Aiden et toi pourrez en avoir des assortis pendant cette année.

Je préférerais mourir.

J'ai fait semblant de rire.

– Mon Dieu, Mia, tu es trop.

– Dis-nous pourquoi tu as quitté le club avec Aiden l'autre soir sans même dire au revoir ? a demandé Michelle, provoquant un silence gêné.

Tout le monde m'a regardée, comme si cette discussion était inévitable.

– Je… je euh… j'étais…

Bon sang, je ne pouvais pas leur raconter que j'avais failli être violée. J'étais déjà en train de plomber l'ambiance. Et ça ne ferait que soulever d'autres questions auxquelles je ne voulais pas répondre. Donc, je suppose que ma seule option était de…

– Aiden est peut-être mon compagnon, ai-je lâché.

Les mâchoires d'Erica et de Michelle se sont décrochées.

– Arrête ! a crié Mia. Tu es sérieuse ? Oh, mon Dieu, ça explique tout, pourquoi tu étais si distante et bizarre ces derniers temps. C'est énorme.

– Ouais, je n'en avais aucune idée. C'est une raison tout à fait valable pour nous plaquer, s'est extasiée Erica alors que Michelle lui lançait un regard mauvais.

– Tout se passe si vite, ai-je dit en faisant ma meilleure imitation de Selena. J'ai cru mourir quand il me l'a dit. Nous sommes encore en train de le découvrir.

– On dirait que tu pourrais être la prochaine à te faire passer la bague au doigt, a taquiné Erica.

– Pas du tout, ce sera Michelle, j'ai répondu en souriant, mais quand je me suis tournée vers elle, elle ne souriait pas.

Michelle a attrapé son sac à main et s'est levée brusquement.

– Tu vis vraiment dans ton propre monde ces jours-ci, n'est-ce pas, Sienna ?

Elle est sortie en trombe de la boutique, me laissant totalement confuse.

– Michelle, attends ! Qu'est-ce que j'ai dit ?

Mia et Erica se sont regardées.

– Michelle est un peu à cran en ce moment. Elle a eu des problèmes avec Ross, a expliqué Erica.

– Merde, je n'en avais aucune idée ! Ça va aller, non ?

Mia a juste haussé les épaules.

– Si tu avais été plus présente ces dernières semaines, tu aurais su ce qu'elle traversait et pourquoi elle est à fleur de peau.

Bon sang, elle avait raison… j'étais tellement absorbée par tout ce qui se passait que j'avais complètement négligé ma meilleure amie. Ça ne me plaisait pas de cacher la vérité à mes amies, mais je devais gérer cette histoire toute seule. J'espérais qu'elles comprendraient un jour.

***

Je préparais le dîner en pensant à Michelle, quand Aiden est rentré du travail, avec la même expression agacée que le matin même.

– Je croyais que tu ne voulais pas être considérée comme une femme soumise qui cuisine pour son homme, a-t-il commenté sèchement.

Je lui ai lancé un regard noir.

– Cuisiner n'est pas un signe de soumission. Si tu ne peux pas préparer ta propre nourriture, c'est toi qui es dépendant de quelqu'un d'autre.

Il a fait un sourire de loup.

– Est-ce que je te brosse dans le mauvais sens du poil, Sienna ? a-t-il demandé, une lueur malicieuse dans les yeux.

Tout à coup, il était collé derrière moi, les mains sur ma taille. Il a murmuré à mon oreille :

– Tu veux frapper le grand méchant Alpha ?

Oui, mais je me retiendrais pour l'instant.

– Lâche-moi, ai-je grogné.

Au lieu de s'éloigner, il a déposé un long baiser sur mon cou.

Sa Frénésie était complètement sous contrôle, et il me rendait folle. Je voulais qu'il me serre de plus près, qu'il me pousse contre le comptoir et me dévore.

Il m'a retournée et a joué avec mes lèvres en les suçant et les mordant.

J'ai frissonné et n'ai plus pu garder la bouche fermée, sa langue douce a joué avec la mienne, me rendant folle de désir. Soudain, il s'est arrêté et a reculé avec un sourire narquois sur le visage.

– Je crois que ça suffit pour ce soir, a-t-il dit, reprenant les mots que j'avais utilisés à plusieurs reprises.

Ce connard. Alors c'est comme ça qu'il voulait jouer à ce jeu ? *Eh bien, c'est parti.*

Il n'était pas le seul à contrôler sa Frénésie.

– Assieds-toi. Le dîner est servi, ai-je dit sèchement.

– Regarde-toi, une si mignonne femme au foyer. Ça te va bien…

Aiden a poussé un hurlement perçant quand j'ai déversé une pile de spaghettis bolognaise sur ses genoux.

– Oups, désolée, *chéri*. Laisse-moi nettoyer ça pour toi, ai-je dit en souriant.

J'ai attrapé une serviette et tout en faisant semblant de nettoyer la nourriture sur ses genoux, je me suis assurée de porter une attention particulière à son entrejambe. J'ai senti qu'il devenait dur, et sa Frénésie s'est réveillée presque immédiatement.

Pendant que je le caressais avec soin, il a fermé les yeux et une expression de plaisir est apparue sur son visage. J'ai brusquement cessé de le toucher et lui ai jeté le torchon couvert de sauce à la figure.

– Tu es un peu sale entre les jambes, je me suis moquée. Tu devrais nettoyer ça. Je ne voudrais pas te toucher pendant tes règles.

Aiden s'est levé en grognant et a planté sa fourchette dans la table. On s'est lancé des regards furieux, chacun affirmant sa domination jusqu'à ce que… Aiden soit pris d'un fou rire hystérique, je n'en revenais pas. Son rire était grave et si contagieux que j'ai moi-même éclaté de rire. Mais que se passait-il ?

Une fois calmés, nous nous sommes souri, et ses yeux se sont adoucis. C'était le silence le plus confortable que j'aie jamais ressenti avec quelqu'un, et alors que nous nous regardions en souriant, j'ai eu l'impression que tout se mettait en place.

Tout avait enfin un sens. C'était un moment surréaliste, mais que je n'aurais changé pour rien au monde.

Nous avons mangé dans le même silence, aucun de nous n'osant le rompre. Il semblait apprécier ma cuisine puisqu'il a dévoré toute son assiette et s'est même resservi.

Je prenais plaisir à regarder Aiden manger avec appétit et délectation ce que j'avais préparé pour lui.

Il a levé la tête et croisé mon regard avec une telle intensité dans les yeux que mon cœur a sursauté. Il m'a fixée longuement, comme s'il essayait de lire en moi, et je me suis surprise à faire la même chose, essayant de déchiffrer son regard impénétrable.

À quoi pensait-il ? Qu'est-ce qu'il ressentait ? Peut-être qu'un jour, nous nous comprendrions vraiment.

Soudain il a souri et a repris son repas.

– Bon appétit, j'ai murmuré doucement.

ÉPISODE 19

LES ÉGAUX

Aiden

Je suis dans le pétrin. Il n'y a plus de retour en arrière possible, y en a-t-il jamais eu d'ailleurs ?

Sienna me tenait en laisse. *Comme un animal de compagnie.* Mais est-ce qu'elle me détestait ou avait-elle des sentiments pour moi ?

Je ne pourrais jamais le dire avec elle. Si elle choisissait finalement de me rejeter…

Putain !

J'ai balayé mon bureau de mes griffes, faisant tout tomber par terre, des piles de documents signés aux vieux trophées sportifs.

Josh a craqué lorsque j'ai éparpillé des centaines d'invitations au bal de fin d'année, certaines d'entre elles ont heurté le ventilateur du plafond et ont fini en mille morceaux.

– Cette fille, j'ai grogné. Je n'arrive pas à la faire sortir de ma tête. Elle a complètement envahi toutes mes pensées, et ça me rend fou.

–Je suis sûr que c'est juste la Frénésie, a dit Josh avec circonspection, tout en essayant de récupérer ce qui restait des invitations.

Cette satanée Frénésie. Ça semblait interminable. J'avais passé mon temps à taquiner Sienna sur son contrôle, mais la vérité est que je tenais à peine le coup. Quand j'étais en sa présence, je ne pouvais pas me concentrer.

Mais que je ressente ça alors qu'elle n'était même pas là ? Ce n'était plus possible.

–Comment fais-tu, toi ? j'ai demandé en faisant les cent pas. Jocelyn ne te distrait pas de tes tâches les plus importantes, elle ne s'immisce pas dans ton cerveau comme un parasite et ne te donne pas envie de déchirer quelque chose en deux, putain ?

–Hum…

Josh a rapidement mis hors de ma portée une fresque vintage de mon arbre généalogique.

Il a réfléchi quelques instants avant de répondre à ma question.

–En fait, pas vraiment. Je veux dire que Jocelyn est géniale et tout, mais je ne peux pas dire que j'ai ressenti quelque chose comme ce que tu décris.

–Eh bien, tu as de la chance, j'ai grogné. Parce que c'est de la torture.

Mon téléphone a sonné, je l'ai sorti prudemment de ma poche, sachant exactement de qui il s'agissait.

Sienna : Hey Aiden.
Sienna : J'ai eu ton mot.
Sienna : Je te souhaite une bonne journée.
Sienna : Tu as l'air occupé.
Sienna : Je peux t'aider à rendre ta journée moins stressante.
Sienna : 😉

J'ai jeté mon téléphone à travers la pièce alors que ma Frénésie recommençait à s'enflammer, le regardant se briser contre le mur.

–Josh, je n'ai plus accès à mon agenda, ai-je dit sans une once d'ironie. Quel est mon programme pour le reste de la journée ?

– Juste le déjeuner de la meute, a répondu Josh. Tu veux que je l'annule ?

– Bon sang non, c'est exactement ce dont j'ai besoin. Une pièce remplie de testostérone. Pas de femmes et surtout pas de Sienna.

Sienna

Je me suis réveillée dans une maison vide, mais l'odeur d'Aiden flottait toujours dans l'air. Il avait laissé un mot sur le frigo disant qu'il était parti pour une affaire d'Alpha et qu'il serait à la Maison de la Meute toute la journée et ne rentrerait probablement pas pour le dîner.

Lorsque je me suis regardée dans le miroir et que j'ai ramené mes cheveux roux en queue-de-cheval, ma marque m'est apparue sous un jour différent et j'ai souri.

Pour la première fois, elle ne m'a pas dérangée ou énervée. J'en étais même plutôt fière.

J'ai décidé d'envoyer un SMS à Aiden pour lui souhaiter une bonne journée, peut-être même pour flirter un peu, mais après quelques messages, ils ne sont plus passés et il n'a pas répondu. Il était probablement débordé de travail et avait éteint son téléphone.

Et si je le surprenais à la Maison de la Meute pour le déjeuner ? Ça semblait être une bonne idée, vu qu'il n'aurait pas d'autre moment de libre aujourd'hui.

J'étais radieuse et j'avais envie d'effacer ce sourire idiot de mon visage, mais peut-être que ce sentiment n'était pas si désagréable.

***

En arrivant la Maison de la Meute, j'ai vu le garde qui était là la dernière fois que j'étais venue. Il m'a regardée et est devenu blanc comme un linge. Sans même un « bonjour », il a ouvert la porte et m'a fait entrer, en évitant tout contact visuel.

– Désolée pour la dernière fois, ai-je dit d'un air penaud. J'ai parfois quelques problèmes de gestion de ma colère.

Les yeux écarquillés, il a souri nerveusement, hochant la tête comme une marionnette.

Je devrais peut-être payer pour sa thérapie.

Dès que j'ai passé la porte, j'ai senti l'odeur d'Aiden, mais elle était quelque peu masquée par d'autres odeurs masculines. Je me suis demandé s'il pouvait me sentir ou si la mienne aussi était masquée ? Alors que je reniflais l'air, j'ai failli rentrer dans Jocelyn.

– Hé, Sienna, a-t-elle dit en souriant. Qu'est-ce que tu fais ici ?

Bon sang, j'avais oublié à quel point elle était belle. Je lui ai souri timidement.

– Hé, Jocelyn.

Je ne savais toujours pas si je pouvais lui faire confiance ou non. Michelle me disait constamment qu'elle était louche, mais Jocelyn était toujours gentille et serviable avec moi. D'habitude, je faisais confiance au jugement de Michelle, mais cette fois, je n'en étais pas si sûre.

D'autant plus que la méfiance de Michelle à l'égard de Jocelyn était liée au fait qu'elle sortait avec Josh, pour lequel je suis sûre que Michelle avait le béguin, même si elle ne l'avait jamais officiellement rencontré.

– Tu es là pour Aiden ?

– Il est occupé ? Je peux revenir plus tard.

– Non, il est juste à son déjeuner de meute. *Réservé aux hommes*, dit-elle en levant les yeux au ciel. Josh y est aussi.

– Ça a l'air important ? j'ai demandé en commençant à perdre mon sang-froid. Je ne devrais peut-être pas les interrompre.

Jocelyn a attrapé mon bras en riant.

– Je pense que c'est exactement ce que tu devrais faire. Attends, essaie ça.

Elle a détaché mes cheveux et les a ébouriffés jusqu'à ce que j'aie l'air de sortir du lit, mais version sexy. Bon sang, sa belle apparence était une chose, mais elle avait aussi un parfum à tomber par terre. C'était absolument enivrant. Elle a dégagé mon épaule pour exposer ma marque.

– Tu es sûre de ça ? j'ai demandé.

– Sienna, Aiden est fou de toi. Et si ce que Josh m'a dit est vrai, il pourrait littéralement devenir fou à cause de toi. Tu es probablement la louve la plus dominante que j'aie jamais rencontrée, et tu es sexy comme l'enfer. Accepte-le ! Va à ce déjeuner et montre-lui que tu es une force sur laquelle il faut compter.

Elle m'a fait un sourire malicieux et a placé sa main au-dessus de mon cœur.

– Fais-moi confiance… et bonne chance.

Alors qu'elle s'éloignait, j'ai senti que je pouvais vraiment lui faire confiance.

Une domination ardente avait commencé à brûler en moi dès qu'elle m'avait touchée. C'était comme si elle avait activé un pouvoir enfoui. Le menton haut et la domination irradiant de tous mes pores, j'ai franchi les lourdes portes en chêne de la salle de réunion, marchant vers Aiden et les autres hommes en toute confiance.

Ils ont tous levé la tête, abasourdis, les mâchoires baissées et les yeux remplis de convoitise, sauf Josh, qui s'est contenté de se renfrogner.

La Frénésie d'Aiden s'est enflammée quand il a senti mon odeur, mais il y avait un air vorace de fierté et de possession dans ses yeux qui n'avait rien à voir avec la Frénésie.

Exciter Aiden devant sa meute était l'une des choses les plus risquées que j'aie jamais faites, mais je peux dire que ça marchait à la façon dont il transpirait et plantait ses griffes dans la table.

C'était un mouvement audacieux, mais Jocelyn avait raison. Seule une dominante pouvait se le permettre.

Aiden a essayé de combattre sa Frénésie, mais pour une fois, je ne voulais pas qu'il la combatte. Je voulais qu'elle l'engloutisse complètement. Ce n'était pas vraiment une vengeance, je le voulais aussi, mais je profitais de chaque seconde de son inconfort.

Je me suis penchée sur la table et je me suis léché les lèvres.

– Tu m'as manqué quand je me suis réveillée ce matin. J'ai commencé à me toucher, mais ce n'était pas aussi amusant sans toi. Tes doigts sont tellement plus satisfaisants.

C'était tout ce dont il avait besoin. Avant même que je comprenne ce qui se passe, il m'avait soulevée et plaquée sur la table, faisant sursauter le reste de la meute.

Il a rampé sur moi, en grognant, devant tout le monde

– Sortez, a-t-il hurlé à sa meute, ses yeux toujours rivés aux miens. Maintenant.

Les membres de la meute se sont levés précipitamment et se sont dirigés vers la porte, mais Aiden était sur moi avant même qu'ils ne soient tous sortis.

Il a attrapé mes seins à travers ma chemise, les serrant presque douloureusement. Je l'ai embrassé en retour, mais contrairement à lui, j'avais le contrôle de ma Frénésie maintenant. J'ai réussi à taquiner sa bouche jusqu'à ce qu'un grognement sorte de sa gorge.

J'ai frissonné à cause de la sensation de vibration, j'ai ri doucement et pris ma voix de séductrice.

– Oh, quelqu'un est en colère !

– Tu n'as pas idée, a-t-il dit en m'embrassant à nouveau.

Cette fois, je l'ai laissé m'embrasser aussi profondément qu'il le voulait tout en passant mes bras autour de son cou et en enroulant mes jambes autour de sa taille. J'ai attrapé une poignée de ses cheveux et les ai tirés aussi fort que possible jusqu'à ce qu'il montre les crocs.

– Putain, mords-moi, ai-je ordonné.

– Quoi ? a-t-il répondu, déconcerté. Depuis quand tu…

– Fais ce que je te dis. Enfonce tes dents en moi !

Aiden m'a soulevée et posée délicatement sur le bord de la table, m'examinant avec inquiétude.

– Sienna, de quoi s'agit-il ?

– De quoi tu parles ? Tu n'as pas envie de moi ? j'ai répondu, agacée.

– Bien sûr que si, a-t-il dit. Mais pas comme ça.

Qu'est-ce que j'étais en train de faire ? Je me jetais sur l'Alpha ? C'était une putain d'idée stupide.

Le doute a commencé à s'installer, et ce que Jocelyn avait fait naître s'effaçait rapidement. Toutes mes insécurités sont remontées à la surface.

– Est-ce que tu trouves mon odeur attirante ? Et si je n'étais pas ta future compagne ? Est-ce que tu ferais attention à moi ? Tu es un Alpha, d'un pedigree différent. Je ne suis qu'une roturière, une fille qui a été abandonnée par ses parents. Je ne suis personne.

Je me suis mise à pleurer.

– Je ne peux pas être avec quelqu'un qui m'est supérieur. Je ne peux pas être dans une relation où je me sens constamment insignifiante et obligée de répondre à tes attentes. Ça ne peut pas marcher.

Aiden avait l'air stupéfait, mais il a doucement posé sa main sur ma joue et m'a regardée droit dans les yeux.

– Sienna, je ne te vois pas comme une roturière qui doit se plier à tous mes caprices. (Il a souri.) Je te vois comme une égale.

Maintenant, c'est moi qui étais étonnée. *Une égale ?*

Aiden a poursuivi, les sourcils froncés.

– Écoute, je ne peux pas l'expliquer, mais… mais ces derniers temps, je me sens connecté à toi, à ce que tu veux. Je peux sentir tes désirs et tes doutes comme s'ils étaient les miens. Et je sais que tu ne veux pas faire ça ici, dans mon bureau, sur la table de conférence.

Aiden a commencé à faire les cent pas, manifestement nerveux, une émotion que je ne pensais pas qu'il était capable de ressentir.

C'était très bizarre, et je suis restée assise, complètement déconcertée, ne sachant pas ce qui allait se passer ensuite.

– Ce que j'essaie de dire, c'est que…

Il s'est tourné vers moi dans un élan de confiance.

– Je pense qu'il est temps que nous allions courir.

Oh. Mon. Dieu.

ÉPISODE 20

LA COURSE

Sienna : Hey, Selena.
Sienna : Tu es réveillée ?
Selena : Ugh, à peine.
Selena : J'espère que c'est une question de vie ou de mort.
Selena : il est 2h du matin.
Selena : Qu'est-ce qui se passe ?
Sienna : Quand as-tu su pour la première fois ?
Selena : Savoir quoi ?
Sienna : Que tu étais amoureuse de Jeremy.
Selena : Attends, quoi ?
Selena : Sienna...
Selena : Ça ne peut vraiment pas attendre demain matin ?
Sienna : Aiden m'a demandé d'aller courir ce soir.
Selena : QUOI ?
Selena : OH MON DIEU !
Selena : Pourquoi tu n'as pas commencé par ça ?
Selena : Je suis en train de faire de l'hyperventilation, là.

Selena : Attends, laisse-moi aller dans le salon.
Selena : Jeremy ronfle.
Selena : 😊
Sienna : Hum, OK, respire profondément.
Sienna : C'est moi qui vais m'enfuir.
Selena : Alors tu y vas ???
Sienna : Oui, et j'ai besoin de tes conseils.
Sienna : Genre… maintenant
Selena : OK, qu'est-ce que tu as besoin de savoir ?
Sienna : Ta première course avec Jeremy.
Sienna : C'était comment ? Qu'est-ce que vous portiez ? C'était intense ou intime ?
Selena : Eh bien, c'était magique.
Selena : Et ce que tu portes n'a vraiment aucune importance.
Selena : Puisque tu vas te débarrasser de tes vêtements.
Selena : C'est à la fois intime et intense.
Selena : C'est vraiment une expérience spirituelle plus que tout.
Selena : Laisser le loup prendre le dessus et s'abandonner à ses instincts les plus primaires.
Sienna : Mais que se passe-t-il si nos formes de loup ne se connectent pas ?
Sienna : Cela pourrait tout gâcher si nous ne sommes pas prêts.
Selena : Je ne peux pas répondre à ça.
Selena : Mais si tu as déjà dit oui, je pense que tu as ta réponse.
Selena : ❤️
Sienna : Merci, sœurette.
Sienna : Je dois y aller.
Sienna : Aiden vient d'entrer.

Sienna

J'ai levé les yeux vers l'homme avec qui j'étais sur le point de courir – l'expérience la plus intime que deux loups-garous puissent partager – et j'ai soudain ressenti une vague d'anticipation nerveuse.

La rumeur disait qu'une course était ce qui avait mis fin à la relation entre Aiden et Jocelyn. Ils n'étaient pas du tout connectés sous forme de loup.

Et si ça nous arrivait à nous aussi ?

– Prête ? demanda Aiden.

C'était une putain de question chargée de sens. Quand Aiden m'a demandé de faire la course, ma louve a pris le dessus et j'ai lâché un « oui » avant même d'avoir pu mesurer le poids de cet engagement.

Son expression a été si sincèrement satisfaite par la rapidité de ma réponse que je n'ai pas eu le cœur de faire marche arrière.

Maintenant, ma tête me criait de m'enfuir le plus loin possible alors que mon loup hurlait en me disant de me bouger le cul et de le suivre.

J'ai hoché la tête et me suis levée. Il a pris ma main pour me conduire jusqu'à l'orée du bois. Nous avons fait le premier pas ensemble, franchissant le seuil d'une expérience d'un autre monde qui allait tout changer.

– Attends, j'ai crié. On peut marcher un peu d'abord ?

Aiden a souri devant mon anxiété évidente.

– Bien sûr.

Nous avons commencé à marcher en silence dans la forêt, mon malaise s'estompait à mesure que nous suivions le ruisseau plus profondément dans les bois. Il y avait quelque chose d'apaisant dans la façon dont l'eau coulait si librement.

J'ai jeté un coup d'œil à Aiden. C'était peut-être la première fois que je me sentais libre de faire mes propres choix, sans pression, sans manipulation. Aiden me laissait faire cela à mon propre rythme, à ma manière.

J'ai sursauté lorsque nous sommes arrivés devant un étang illuminé par le clair de lune. Ses rives étaient douces et moussues, et le reflet de la lumière faisait scintiller l'eau comme un écho du ciel étoilé.

Nous savions tous les deux que c'était l'endroit. C'était parfait. Mon cœur s'est mis à battre à tout rompre.

Il n'y avait plus à tergiverser.

Le moment était venu.

Aiden a commencé à enlever sa chemise, révélant ses abdos impeccables. Il s'est adossé à un arbre et a souri tandis que je serrais plus fort ma propre chemise.

– Tourne-toi, ai-je dit en rougissant. Je ne veux pas que tu voies.

Il a rigolé.

– Pourquoi ? Je te verrai nue d'une manière ou d'une autre. C'est normal.

Il avait raison. C'était un autre code tacite parmi les loups. La nudité avant et après la transformation était inévitable, donc les loups-garous n'en faisaient pas tout un plat. C'était la même chose que de perdre sa virginité à la première Frénésie. Mais les règles étaient devenues différentes pour moi après Emily.

– Nous avons déjà établi que je ne suis pas comme toutes les autres louves que tu connais, ai-je répondu en me battant avec la fermeture Éclair de mon jean.

– Crois-moi, je le sais, a dit Aiden, qui m'a soudain regardée avec des yeux apaisants.

Ce regard était celui d'un pur Alpha, il n'était pas intimidant, mais rassurant. Être un Alpha n'est pas seulement une question de contrôle. Parfois, il s'agit de garder la meute lucide.

– Ne t'inquiète pas, tu es magnifique.

Je me suis retournée, mais j'ai lentement fait glisser mon pantalon jusqu'aux chevilles et retiré mon haut. Debout, en sous-vêtements, j'ai pris une profonde inspiration. J'ai enlevé mon soutien-gorge et ma culotte et je me suis retournée pour faire face à Aiden.

Il était déjà nu, sans une once d'embarras. C'était l'Alpha, après tout. Pourtant, alors que nous étions complètement nus, admirant nos corps respectifs, je n'ai pas ressenti ce que je pensais.

Ce n'était pas une aura de luxure entre nous, mais une aura de connexion. Nous étions une seule et même personne.

Selena avait raison de dire que c'était une expérience spirituelle, je commençais à le comprendre.

–Toi d'abord, a-t-il dit.

J'ai fait un pas en avant et me suis tenue directement sous la lumière de la lune.

Laissant mon loup me consumer, je me suis déplacée, atterrissant gracieusement à quatre pattes. J'ai jeté un coup d'œil à mon reflet dans l'étang pour voir mon pelage brun roux s'allumer comme un feu brûlant. Je ne l'avais jamais vu briller de la sorte.

Aiden s'est ensuite transformé, et sa forme de loup était aussi énorme que dans mon souvenir.

Sa fourrure soyeuse d'un noir de jais et ses yeux perçants de Frénésie étaient magnifiques sous le ciel nocturne. Nos regards se sont attardés l'un sur l'autre en signe de reconnaissance, et tous les doutes que j'avais sur le fait que nos loups n'étaient pas liés ont disparu en un instant.

Il s'est tourné royalement et a fait un signe de tête vers les bois, c'était le signal. J'ai enfoncé mes pattes dans la terre et je me suis précipitée dans les broussailles. Maintenant, je devais juste m'assurer qu'il ne m'attrape pas.

C'était un jeu d'intimité, mais c'était aussi un défi. Je devais lui montrer à quel point j'étais dominante pour prouver que je pouvais tenir tête à l'Alpha.

Les arbres se brouillaient autour de moi alors que je courais à travers les bois, et le vent dans ma fourrure était grisant. Si Aiden devait m'attraper, je n'allais pas lui rendre la tâche facile. Je savais que la première chose que je devais faire était de masquer mon odeur.

J'ai plongé dans une flaque boueuse avant de me relever rapidement et de changer de direction. Ma meilleure chance était de le désorienter et de couvrir mes traces du mieux possible.

Alors que je faisais des allers-retours, un hurlement aigu a pénétré le silence de la nuit. Aiden voulait que je sache qu'il se rapprochait. Il jouait avec moi, mais il m'a aussi donné un avantage. Je savais où il était maintenant.

J'ai plongé dans la rivière et j'ai nagé jusqu'à l'autre rive. Espérant qu'il était d'humeur à se mouiller. Une fois sur la terre ferme, j'ai secoué ma fourrure pour la sécher et j'ai continué à m'enfoncer dans les bois.

Des heures avaient passé depuis que nous avions commencé notre poursuite. Je ne pouvais qu'imaginer la frustration qu'il ressentait. Certains diraient qu'il faut laisser son partenaire sentir qu'il est en tête, mais on s'en fout, c'était un jeu de domination.

J'ai trouvé une colline rocheuse où je serais sûre de ne pas laisser de traces. Je suis montée au sommet et j'ai essayé de me repérer. Avec tous mes zigzags, j'étais un peu perdue.

Mes oreilles se sont dressées quand, sans prévenir, un lourd bruit sourd a commencé à résonner à l'Est, il s'approchait rapidement de moi. Aiden s'est élancé hors des broussailles, griffes sorties, de la bave s'échappant de ses mâchoires.

Je n'avais qu'un instant. J'ai jeté mon corps sur le côté alors que ses dents mordaient mes talons. Il avait l'air sauvage et indompté, son pelage auparavant soyeux était maintenant sale et couvert de feuilles. Je me suis demandé à quoi je devais ressembler.

Nous nous sommes lancés dans une sorte de danse, tournant autour de l'autre, attendant de voir qui ferait le premier pas. Nous nous sommes grogné dessus.

Enfin, le moment est arrivé.

Une brindille a cassé, et je me suis laissé distraire pendant un millième de seconde. C'était tout ce dont Aiden avait besoin. Il a foncé sur moi, me frappant en plein dans les côtes. Nous avons tous deux dévalé la colline, heurté des rochers et des ronces, pour atterrir en bas.

Il s'est relevé le premier et m'a immédiatement plaquée au sol. J'ai glapi et me suis débattue, essayant de m'échapper, mais il me tenait exactement là où il voulait. Sa queue a remué d'excitation tandis qu'il montrait ses crocs.

Il a poussé un hurlement de triomphe et a enfoncé ses dents dans mon épaule, juste à l'endroit où ma marque aurait été sous ma forme humaine.

C'était l'acte final d'une course entre partenaires potentiels. J'avais maintenant été marquée à la fois sous ma forme humaine et celle de loup. J'étais entièrement et complètement à lui maintenant. Une amante et une compagne. Aucun autre homme n'oserait m'approcher pendant la Frénésie.

Nous avons repris notre forme humaine, Aiden toujours sur moi, les crocs plantés dans ma marque. Nous nous sommes regardés sans bouger, sans parler, sans rien faire, vraiment.

C'était le moment le plus intime et le plus intense de toute ma vie, comme l'avait dit Selena, et je n'aurais jamais pensé que je le partagerais avec Aiden Norwood.

Il m'a aidée à me lever et m'a conduite à l'eau. Je n'avais même plus conscience de ma nudité, juste de mon lien avec Aiden. Nous avons pataugé jusqu'à la taille dans l'étang, et il a lavé tendrement le sang de ma marque. Ça a piqué, mais une marque n'est pas tant une douleur physique qu'une connexion mentale. Ce que j'ai ressenti à ce moment-là, Aiden l'a ressenti aussi.

Et ce que je ressentais était mon cœur rempli d'un désir pour quelqu'un comme il ne l'avait jamais été auparavant.

Je suis tombée amoureuse de l'Alpha.

ÉPISODE 21

LA DESCENTE

Sienna

Trois jours s'étaient écoulés depuis notre course et je subissais comme un retour de bâton, mes émotions s'éparpillaient dans tous les sens.

Par moments, j'avais des flashs d'euphorie en me remémorant notre course-poursuite, à d'autres moments, j'éprouvais une déprime totale à l'idée que je ne vivrais plus jamais quelque chose comme ça.

Aiden le ressentait aussi. Il était devenu plus distant ces jours-ci, s'assommant de travail. Selena avait complètement passé sous silence le fait qu'un malaise profond succéderait à la meilleure expérience de ma vie.

J'avais besoin de faire quelque chose pour nous sortir tous les deux de cet état, alors j'ai décidé de préparer à Aiden son dessert favori, une tarte aux pommes.

Jocelyn m'avait confié que l'Alpha avait un faible pour les sucreries et je n'avais pas encore utilisé cette arme de mon arsenal.

J'étais en train de chantonner et de bouger les hanches en rythme en circulant dans la cuisine et en éparpillant de la farine partout. Je n'imaginais pas qu'un chœur d'animaux des bois allait sauter par la fenêtre pour m'envelopper dans de la soie ou quoi que ce soit de ce genre, mais cette sensation ? C'était extra.

La sonnerie du four a retenti, me signalant que ma tarte était prête. L'odeur était paradisiaque. Si j'avais pu choisir une fragrance à porter en permanence, cela aurait été celle-là. Tout excitée, j'ai envoyé plein de textos à Aiden pour savoir quand il serait de retour. Je ne savais pas combien de temps je serais capable d'attendre avant de voir son expression.

Sienna : Hey, est-ce que tu rentres bientôt ?
Sienna : J'ai une surprise.
Sienna : 😊
Aiden : Toujours coincé au travail.
Aiden : On a aussi eu une surprise aujourd'hui.
Aiden : Un invité VIP de dernière minute pour le bal de Yule.
Aiden : Je vais devoir bosser tard.
Sienna : Encore ?
Sienna : C'est la troisième fois cette semaine…
Aiden : Je sais.
Aiden : C'est pas idéal.
Aiden : Mais les choses sont ainsi faites.
Aiden : Le bal de Yule est dans deux semaines.
Aiden : C'est le chaos, ici.
Sienna : Est-ce que tu seras de retour avant que je m'endorme ?
Aiden : Je ne sais pas.
Aiden : Ne m'attends pas.
Sienna : Ah, OK.
Sienna : On se parle plus tard, alors.

Tout l'enthousiasme que j'avais réussi à rassembler avait disparu. Tout à coup, j'étais furieuse. Furieuse contre moi d'avoir fait autant d'efforts, d'avoir cuisiné, comme une bonne petite femme d'intérieur. Est-ce que je n'avais rien de mieux à faire que des gâteaux pour un homme ? Et d'attendre sa validation ?

Mais j'étais aussi furieuse de ce que ses messages me faisaient ressentir. Que son absence m'affecte à ce point.

Avant, j'aurais prié pour avoir autant d'espace entre lui et moi. Putain, parfois j'aurais rêvé qu'on soit dans deux hémisphères différents. Mais maintenant, je ne semblais plus supporter son absence, même pour une journée.

Et je n'aimais pas ça.

L'odeur de la tarte aux pommes se dissipait en même temps que sa chaleur. Et celle d'Aiden, unique, un mélange boisé et viril, emplissait la pièce à nouveau. Elle était apparemment assez forte pour être présente dans la pièce même quand il n'était pas présent.

Sa seule odeur suffit à envoyer un message de manque à tout mon corps. Depuis la course, et notre rapprochement en tant que loups, ma louve intérieure ressentait ce besoin constant d'être près de lui. C'était comme si quelque chose nous connectait et j'avais besoin d'être rivée à cette connexion en permanence.

Je me suis mise à pleurer. J'ai posé ma main sur ma marque, tout mon corps tremblait. Je savais que j'en faisais trop. Je me sentais comme une ado idiote. Mais je m'en fichais. Je le voulais près de moi, à me tenir, à m'embrasser, à me dire que tout irait bien entre nous.

Mais j'étais seule ici.

Aiden

J'ai reposé mon téléphone sur la table.

– Eh merde… ai-je murmuré dans ma barbe.

Je détestais faire ça à Sienna. Je l'avais à peine croisée ces trois derniers jours et c'était comme si je vivais à la Maison de la Meute. Tout était si chaotique depuis l'annonce de la venue de l'Alpha du Millénaire à notre bal de Yule…

Quand tout sombrait dans le chaos, c'était là que votre humble serviteur faisait des heures supplémentaires.

D'un côté, c'était un honneur d'avoir un invité de ce calibre à notre petite fête. L'Alpha du millénaire était l'empereur de… eh bien… d'à peu près tout. Il était le symbole du pouvoir que tout le monde vénérait, et la grâce de sa présence était un honneur qui n'arriverait peut-être pas deux fois.

D'un autre côté, c'était suspect. Pourquoi l'Alpha du Millénaire avait-il décidé de venir à notre bal de Yule, en nous prévenant si peu à l'avance ? Est-ce qu'il était simplement intéressé par la célébration annuelle, par le fait de rendre visite à notre meute, ou est-ce qu'il avait des intentions cachées ? J'étais incapable de le dire. Mais je prévoyais de garder mes sens aiguisés jusqu'à la fin du bal pour être certain d'être paré à toute éventualité.

J'avais déjà demandé que la sécurité soit décuplée, pendant le bal mais aussi les jours précédents. Être l'homme le plus puissant du monde – et c'est bien ce qu'était l'Alpha du Millénaire – signifiait qu'on se forgeait une importante liste d'ennemis. Et avec la récente brèche de sécurité, il était clair que notre système présentait des défauts.

Je n'allais en aucun cas prendre de risques.

Quand j'ai ordonné d'augmenter la sécurité, certains membres de la meute m'ont regardé comme si j'étais parano. Mais j'étais prêt à me battre pour obtenir l'équipe de sécurité supplémentaire que je pensais nécessaire. Même si tout se déroulait selon nos plans, je préférais mettre toutes les chances de notre côté. J'avais totalement confiance dans ma meute, dans leur capacité à suivre des ordres et à obtenir des résultats, mais ces derniers temps, je me demandais s'ils avaient la même confiance en moi.

J'avais remarqué leurs échanges de regards quand je leur donnais des ordres et j'avais entendu les murmures qui flottaient autour de moi à certaines occasions.

Parano.

Plus si fort.

Isolé.

Ce n'était pas comme s'ils me désobéissaient ou me manquaient de respect. Cela aurait été inacceptable. Ils auraient été punis ou remplacés immédiatement. J'étais l'Alpha et j'avais le pouvoir. Non, c'était plus comme s'ils… s'inquiétaient pour moi. Ils voulaient le meilleur pour leur Alpha et ils ne savaient pas comment faire pour l'obtenir.

On en revenait toujours à la question de la compagne. C'était clair. Les regards, les murmures, tout cela ne serait pas arrivé si j'avais déjà été accouplé.

Mais là encore, peut-être leurs craintes étaient-elles fondées. Je ne pouvais pas permettre à mon esprit de glisser vers Sienna, même pour une putain de minute. Je devais être focalisé sur la meute, sur le bal de Yule et sur l'arrivée de l'Alpha du Millénaire, mais à la place, je m'inquiétais pour quelques messages ?

Mon loup intérieur a grogné. *Assez.* J'étais l'Alpha. Et un Alpha n'a aucun doute.

Je me suis tourné pour regarder de l'autre côté de la table de réunion, où Josh parcourait des documents. Nous nous étions mis d'accord pour interroger notre service juridique et avancer avec les signatures, mais Jeremy était en retard.

– Josh, oublie la paperasse. Convoque une réunion de meute. On a des sujets à discuter.

Josh m'a regardé et a hoché la tête.

Il s'est avancé vers le téléphone et a appuyé sur un bouton avant d'aboyer :

– Le conseil est demandé en salle de réunion. Le conseil est demandé en salle de réunion. Ordre de l'Alpha.

Ordre de l'Alpha. C'était ça que je voulais entendre.

Sienna

Je m'étais déjà jetée plusieurs fois sous mes couvertures, mais cette activité ne me réconfortait pas tant que ça. Au contraire, elle me faisait me sentir encore plus isolée.

J'avais besoin de parler à quelqu'un. Quelqu'un qui comprenait mon angoisse de la séparation. Normalement, ce quelqu'un serait à coup sûr Michelle, mais nous ne nous étions pas parlé depuis notre sortie shopping pour acheter la robe de cérémonie de Mia.

Je jouai avec mon téléphone pendant plusieurs minutes, essayant de rassembler le courage d'envoyer un message à Michelle. Ma louve intérieure faisait des sauts de cabri dans ma tête.

Allez, fais-le, meuf.

Sienna : Hey.
Sienna : Comment ça va ?

J'ai marqué une pause, les yeux rivés sur l'écran. Une minute s'est écoulée, puis deux. Je savais que je ne pouvais pas faire comme si rien ne s'était passé, comme si nous n'avions pas eu notre plus grosse dispute. Je devais lui présenter mes excuses maintenant, sans quoi elle ne répondrait pas. Et alors, comment pourrais-je faire pour récupérer mon amie ?

Sienna : Mich, je sais qu'on est en froid.
Sienna : Mais tu me manques.
Sienna : J'aurais dû être là pour toi.
Sienna : Je suis désolée.
Sienna : Vraiment, vraiment désolée.

J'ai pris une profonde inspiration. J'ai attendu. Rien. Alors j'ai décidé de m'enfoncer encore plus, d'être totalement directe avec elle. Je n'avais plus rien à perdre.

Sienna : Je sais que je n'ai aucun droit de te demander ça.
Sienna : Mais il se passe tellement de choses entre Aiden et moi.
Sienna : Et j'ai… juste besoin d'une amie, là, maintenant.

J'ai laissé tomber mon téléphone sur le lit, j'ai remonté les couvertures sur ma tête. Je m'étais livrée à elle, mais une part de moi pensait qu'elle ne répondrait pas, malgré tout. Je n'avais pas été là pour elle quand elle en avait eu vraiment, réellement besoin.

J'étais tellement focalisée sur mon nombril que je ne me rendais plus compte de rien.

Donc je n'avais aucun droit d'être surprise ou de m'apitoyer sur mon sort, si elle n'était pas là pour moi à son tour. Alors que je me répétais ça encore et encore, j'ai senti mon téléphone vibrer. Mon cœur a tressauté. J'ai attrapé mon téléphone et l'ai retourné.

Michelle : Je suis désolée, Sienna.
Michelle : J'ai juste besoin d'espace.

Mon estomac s'est tordu comme si j'étais sur des montagnes russes. Tout l'espoir qui s'était accumulé en moi a juste… explosé. Comme un ballon.

Je savais que je ne pouvais pas lui en vouloir. Je ne m'autoriserais pas à lui en vouloir. Mais réaliser que j'étais celle qui l'avait repoussée en premier me faisait me sentir encore plus mal…

C'était comme si tout le monde autour de moi avait besoin d'espace. D'être loin de moi.

J'ai jeté un œil dans le coin de la pièce où toutes mes fournitures artistiques prenaient la poussière en compagnie de tableaux à moitié terminés. Au moins, mon matériel d'art était toujours là pour moi. Je suis sortie du lit, j'ai pris une toile vierge et je l'ai placée sur le chevalet.

Toutes ces émotions qui flottaient en moi, autant les utiliser à bon escient. Cela faisait longtemps que je n'avais pas commencé une nouvelle œuvre.

Je n'avais aucune idée de ce que cela allait donner, mais peindre me procurerait au moins une distraction.

J'ai commencé avec du noir, ce qui allait très bien avec mon mood actuel. De longs coups de pinceau en forme de vagues. Ensuite, un blanc crème. Doux et délicat.

Du violet, j'avais besoin de violet. Deux cercles. Des pupilles perçantes.

Enfin, un mince cadre en saule baigné de la lumière de la lune.

J'ai reculé d'un pas. J'avais peint une femme. Une femme magnifique, mais triste. Elle semblait bizarrement familière. Pourquoi est-ce qu'elle m'évoquait autant de choses ? J'ai sursauté quand j'ai fait le lien. C'était la mystérieuse femme des bois.

Je l'avais presque oubliée, alors pourquoi est-ce qu'elle me regardait depuis la toile posée devant moi ? Une partie de moi se demandait si elle était réelle. Peut-être que mon esprit était si désespéré de trouver une connexion qu'il fabriquait des hallucinations qui semblaient assez vraies pour me convaincre qu'elles étaient réelles.

Mais je ne pouvais pas douter. Elle était bel et bien réelle.

Je pouvais ressentir sa présence, pas physiquement, mais son énergie. Il y avait quelque chose d'unique en elle. Quelque chose que je n'avais jamais senti auparavant.

Aiden

J'ai sauté sur la table de la salle de réunion autour de laquelle étaient assis les membres de ma meute. Je me suis mis à faire les cent pas, les regardant un par un dans les yeux, histoire d'affirmer ma domination.

– Écoutez tous ! Les choses vont changer à partir de maintenant. Le seul et véritable Alpha est en route, et j'ai besoin que cette meute présente un front uni. Si fort que personne ne pourra le déstabiliser. Est-ce bien clair ?

J'ai regardé autour de moi, pour voir des visages solennels hocher la tête.

– Cette meute aura toujours toute mon attention, n'en doutez pas. Mais si vous n'avez pas confiance en mes décisions, alors nous sommes tous en danger. Si l'un d'entre vous pense que mon leadership ne mérite pas son obéissance, ai-je dit en pointant la porte du doigt, alors voilà une chance de vous en aller.

J'ai pris une inspiration en regardant chaque visage, l'un après l'autre. Personne n'a bronché. Donc j'ai continué.

– Divisés, nous sommes faibles. Et si nous sommes faibles, des problèmes comme la brèche dans notre périmètre vont continuer à survenir. Ce n'est pas envisageable. Vous comprenez ? C'est le putain d'Alpha du Millénaire. Si nous ne sommes pas capables de le protéger, nous ne méritons pas le nom de meute, j'ai hurlé.

J'ai fait un pas vers Josh et je me suis accroupi face à lui. Pour le regarder droit dans les yeux.

– Josh, mon Bêta. J'ai besoin de savoir que ta fidélité m'est complètement acquise. Que tu suivras mes ordres sans poser de questions.

Il a regardé autour de lui, essayant de garder une expression neutre.

– Pourquoi est-ce que tu les regardes ? Je suis juste là, ai-je dit en grognant.

– Oui, mon Alpha, a-t-il répondu, ses yeux rencontrant enfin les miens. J'ai totalement confiance en toi comme leader de la meute. Je te suivrai.

– Sans poser de questions.

– Sans poser de questions, a-t-il répété comme en écho.

– Et vous autres ? j'ai demandé en me relevant pour les couvrir de mon regard.

– Oui, mon Alpha ! ont-ils crié.

– Quelle est la meute la plus forte d'une côte à l'autre ? j'ai hurlé en tapant du pied sur la table.

– La meute de la côte Est, ont-ils répondu en chœur, tapant également du pied par terre.

– Putain, plus fort que ça !

– LA MEUTE DE LA CÔTE EST !

La meute s'est mise à hurler en bons guerriers qu'ils étaient et j'ai senti une bouffée de fierté que je n'avais plus ressentie depuis des mois. C'était notre maison, et nous la protégerions de nos vies.

Mon téléphone a vibré et je l'ai sorti, l'adrénaline pulsait toujours dans mes veines.

Sienna : Un véritable Alpha ne laisserait pas sa femme seule.

Putain de merde ! J'étais gonflé au max, entouré par de l'énergie pure de loups, prêt à mener bataille. Et la voilà qui mettait en doute ma position d'Alpha. Ma masculinité.

Hors de question que je laisse passer ça.

– Josh, en tant que Bêta, tu t'occuperas de la sécurité pour le bal de Yule. Tu t'en sens capable ?

– Absolument. Absolument, mon Alpha, a-t-il bafouillé.

Clairement, il ne s'attendait pas à une promotion après l'interrogatoire que je lui avais fait subir.

– Tu as fait preuve d'initiative pendant la brèche, et le confinement était ton idée. Tu le mérites, ai-je dit en hochant la tête.

Il fallait ménager la fierté de mes soldats.

– Je ne te laisserai pas tomber, a-t-il répondu.

– Je le sais, ai-je répliqué.

Et je suis sorti, saluant la meute d'un signe de tête, droit et fier. Prêt à mener un tout autre type de bataille…

ÉPISODE 22
LA TARTE AUX POMMES

Sienna

Après avoir envoyé le dernier message, je me suis enfoncée plus loin sous les couvertures. Je n'avais pas eu l'intention de finir ici, dans son lit, mais quand j'ai eu terminé le portrait… je me suis mise à divaguer.

C'était comme si je ne pouvais plus la supporter, cette envie de le retrouver, de le garder près de moi. Alors j'ai envoyé ce putain de message. Et maintenant, j'étais dans sa chambre, dans son lit parce que c'était l'endroit où je pouvais être le plus proche de lui à ce moment-là.

Mais qu'est-ce qui m'arrive ?

J'avais envoyé des messages passifs-agressifs. J'avais des fantasmes de tendresse. J'étais devenue le genre de fille que j'avais toujours dit que je ne deviendrais pas – le genre à dépendre d'un garçon. Cette vérité me fit à nouveau pleurer.

Super. Je suis devenue un énorme cliché maintenant.

J'ai retourné l'oreiller, essayant de repartir sur de bonnes bases et de me calmer un peu quand, tout à coup, la porte s'est ouverte. Je n'avais pas entendu de voiture dans l'allée. Je n'avais pas entendu la porte s'ouvrir ou même se refermer, mais ça ne faisait rien.

Car Aiden était là.

Il a grogné et ce son a envoyé des frissons le long de ma colonne vertébrale. Son regard noisette était posé sur moi, je pouvais le sentir, même si mes propres yeux étaient fermés. Je n'avais pas peur de le confronter après ce que j'avais envoyé. J'étais une dominante, j'aurais été à la hauteur. Non, c'était l'embarras que je refusais de reconnaître. La honte qui remplissait la pièce et laissait l'air épais derrière elle, difficile à respirer. Parce qu'à présent, je n'étais plus la seule à savoir combien l'Alpha m'affectait, maintenant l'Alpha le savait aussi.

Et en un instant, il a été sur moi.

– Regarde-moi, a-t-il grogné à nouveau.

Quand il a posé ses mains sur mes épaules pour me redresser, j'ai senti leur chaleur se répandre en moi. J'étais assise à présent, je le regardais dans les yeux.

– Tu pleures.

J'ai immédiatement séché mes larmes ou, du moins, j'ai essayé. Je savais que si je parlais, cela me trahirait et qu'il l'entendrait à ma voix. Alors je me suis focalisée sur son visage. Son si beau visage, si beau qu'il était parfois difficile à regarder. Mais là, avec ses mains sur mes épaules, il s'assurait que je le regarde bien en face.

J'ai baissé les yeux, mais il a placé son pouce sous mon menton pour relever ma tête.

– Parle-moi, a-t-il ordonné.

– Je n'aurais pas dû…

– Tu n'aurais pas dû remettre en question ma virilité, a-t-il grogné, si bas, si sincèrement, que le poids de ce que j'avais fait a flotté entre nous.

J'avais remis l'Alpha en question.

– Mais plus important, a-t-il continué, c'est que tu n'aurais pas dû te retrouver ici toute seule, à pleurer, à être triste. C'est fini tout ça.

Et en un instant, il m'a m'attirée près de lui et s'est allongé contre moi. Ses bras m'ont serrée contre lui, j'ai deviné qu'il respirait l'odeur de mes cheveux.

– Je suis là. Et je vais rester.

Sa bouche était juste au-dessus de mon oreille, j'avais l'impression d'être enveloppée dans du velours. Tout chaud et doux. Je me suis retournée pour être face à lui et l'enlacer. Nos bouches n'étaient qu'à quelques centimètres. Nos yeux, grands ouverts, rivés l'un à l'autre.

– Je déteste ça, ai-je dit doucement.

J'ai levé les yeux au ciel.

– Pas… ça. Pas toi. Mais oui, cette situation. Eh oui, toi aussi. Je ne suis pas cette fille ! Je ne l'ai jamais été. Et maintenant, je pleure et tu me manques et je n'aime pas me sentir comme ça. Avoir besoin de toi.

– Avoir besoin de moi n'est pas la pire chose au monde.

– C'est quand même ce que je ressens.

– Eh bien, je pourrais me sentir offensé, a-t-il dit en glissant son doigt le long de mon nez.

Ce simple contact m'a fait frissonner.

– Mais en tant qu'homme, je dirais juste… que je ne laisserai plus jamais ma femme seule. Plus jamais. Je le promets.

Il y avait quelque chose dans le fait d'entendre mes mots dans sa bouche, dans notre intimité, qui a fait s'évaporer toute ma tristesse.

C'était comme si tout, à l'intérieur de moi, me disait de le laisser entrer, de lui faire confiance, de me reposer sur lui. C'était toujours effrayant, mais je sentais que je pouvais le gérer maintenant. Comme si je pouvais dépasser ma peur à partir du moment où il serait enveloppé contre moi. Je l'ai regardé à nouveau, me sentant en sécurité et forte en compagnie d'un homme qui était encore un étranger quelques semaines plus tôt.

***

Chaleur. Lumière tamisée. Enroulée dans… quelque chose.

– Hummm…

J'ai laissé échapper ce son avant d'ouvrir les yeux. Tout était si… si délicieux. Comme une tarte aux pommes bien chaude.

Mes yeux se sont écarquillés. *Tarte aux pommes chaude.*

Tout m'est revenu. Les pleurs, le message, le grognement. Et l'homme à mes côtés, toujours tout contre moi, profondément endormi.

Le soleil s'immisçait à travers l'espace de la fenêtre que le rideau ne couvrait pas.

– Hé, ai-je dit en tapotant le biceps d'Aiden.

Il avait l'air si en paix, si calme, que je ne voulais pas le réveiller. C'était bien la première fois que je le voyais être plus vulnérable que moi.

Mais je savais qu'il avait quitté son travail tôt pour être avec moi la veille au soir et qu'il avait des affaires en cours.

C'était l'Alpha, après tout.

– Aiden, ai-je dit en le touchant encore, et cette fois il a réagi.

Ses yeux se sont ouverts lentement et il a laissé échapper un grand soupir, étirant ses bras au-dessus de lui.

– Bonjour, a-t-il dit avant de m'attirer à nouveau contre lui.

– Je ne peux… pas… respirer, j'ai ri en gigotant contre lui.

J'ai senti son excitation grandir alors que je bougeais mes hanches pour tenter de m'extirper de son emprise, mais il m'a retenue plus fort.

– Aiden ! j'ai crié et il m'a relâchée.

Je me suis tournée pour lui faire face, pour sentir son souffle sur ma joue.

– Tu dois aller travailler, j'ai murmuré en essayant de dissimuler mes émotions.

Je l'avais déjà trop sollicité. Je ne voulais pas qu'il pense que ce serait toujours comme ça. Je ne voulais pas penser cela de moi non plus.

– Non, pas du tout, a-t-il dit en me sautant dessus.

Il me chevauchait en maintenant mes bras au-dessus de ma tête.

–Ah bon ?

J'ai essayé de libérer mes mains, essayé de me libérer de son emprise, mais c'était comme si j'affrontais Hulk. *Ou un Alpha*, ai-je pensé en riant. Bien sûr qu'il était plus fort que moi, même si j'étais une dominante.

–J'ai pris ma journée. Je te l'ai dit, je ne laisse plus ma femme seule.

Il s'est penché sur mon cou et a commencé à m'embrasser, laissant courir ses lèvres sur ma marque. Instantanément, la Frénésie s'est réveillée. Doucement au début, mais sans s'arrêter, suffisamment tenace pour que je ne puisse pas l'ignorer.

–Il faudra bien que tu partes à un moment donné, ai-je dit pour tenter de me distraire et de le distraire aussi.

J'avais toujours mes règles et je n'allais pas coucher avec lui.

Répète un peu ça, me suis-je ordonnée.

J'ai toujours mes règles et je ne vais pas coucher avec lui.

Soudain, il m'a relevée pour que nous soyons assis poitrine contre poitrine. Il a laissé courir ses doigts le long de mon cou toujours humide de ses baisers et sur ma clavicule. Puis ça a été le tour de mes bras, jusqu'au bout de mes doigts, et la douceur de ses caresses me donnait envie d'exploser.

–Aiden…

J'ai laissé planer la fin de ma phrase, les yeux mi-clos. Il était près de mon oreille qu'il mordillait.

–Oui, a-t-il grogné.

Mais *non*, il fallait que je pense à quelque chose pour le distraire. Alors j'ai dit la première chose qui me venait en tête.

–J'ai fait une tarte aux pommes.

***

De la tarte aux pommes pour le petit déjeuner. En face d'un Alpha torse nu. *Je pourrais m'y habituer*, j'ai pensé.

– C'est… c'est époustouflant, a-t-il dit en enfonçant sa fourchette dans une autre part, sa troisième.

Je tenais les comptes, mais je me fichais qu'il dévore la tarte. J'avais faim de quelque chose d'autre.

Arrête ça, Sienna.

Je l'ai regardé mâcher, bouchée après bouchée, sans presque s'arrêter pour respirer. J'aime cuisiner pour lui. J'aimais le regarder profiter de ce que je lui avais préparé. Cela me semblait intime. Comme si c'était de moi qu'il profitait.

– Sérieusement, comment as-tu su que c'était mon dessert préféré ? a-t-il demandé en se resservant encore.

– Jocelyn me l'a dit.

Tout en mâchant, un sourire aux lèvres, il a ajouté :

– Vous deux, vous échangez des infos sur moi ?

– Tu prends tes rêves pour des réalités.

C'était osé, même pour moi. Aiden a laissé tomber sa fourchette avant de sauter par-dessus la table et de me clouer au sol. Je riais tellement que je ne pouvais plus respirer.

– Ah, vraiment ?

À nouveau, il retenait mes mains dans mon dos, mais cette fois il avait gardé une main libre pour me chatouiller. Ses doigts titillaient mon buste et j'ai cru que j'allais tourner de l'œil.

– STOP ! ai-je essayé de crier, mais c'est sorti plutôt comme un rire. Ou alors…

– Ou alors quoi ? a-t-il grogné, et j'ai senti la Frénésie faire surface à nouveau.

Il était entre mes jambes et j'avais commencé à remuer mes hanches contre lui sans y penser. Il l'a remarqué, ses doigts qui me chatouillaient ont ralenti. Il a fait glisser la bride de mon débardeur et a déposé un baiser sur mon épaule.

C'est maintenant ou jamais. D'un geste précis, j'ai libéré mes deux mains de son emprise et nous ai retournés pour que ce soit moi qui le chevauche à présent. Ses sourcils se haussèrent, surpris par ma force ou mon initiative.

– Ou alors *ça*, ai-je dit en me penchant pour l'embrasser.

C'était un baiser doux, bref, qui s'est dirigé plus bas que sa bouche.

Ses mains étaient sur mon dos, me rapprochant de lui, et la Frénésie les poussait à agir.

Non, ai-je pensé. Alors, j'ai attrapé ses mains dans la mienne et les ai levées, cette fois c'était moi qui le maintenais dans cette position. Me sentir en contrôle me donnait encore plus chaud. Et j'ai senti que cela avait le même effet sur lui.

–Tu sais, a-t-il commencé, la voix chaude de désir. Si tu es vraiment ma femme et que je suis vraiment ton homme, tu dois me marquer.

La seconde d'après, j'étais dans son cou, mon instinct primaire me disant que j'allais m'assurer que tout le monde sache qu'il était à moi. Quand j'ai eu terminé, j'ai regardé le résultat. C'était la première fois que je marquais quelqu'un, et il se trouvait que c'était un Alpha. Je me sentais sauvage de fierté et de désir. Je me suis laissée glisser plus bas, mes mains ont parcouru sa poitrine musclée et ses abdos ciselés. J'ai commencé à l'embrasser.

–Sienna, a-t-il dit, quelque part entre le soupir et l'avertissement.

J'étais arrivée au niveau de son pantalon de sport quand j'ai levé les yeux vers lui.

–Je veux le faire. Pour toi.

Le regard qu'il m'a lancé après ces quelques mots était assez chaud pour faire s'embraser le bois le plus humide.

ÉPISODE 23

La foire

Sienna

Une partie de moi ne pouvait pas croire ce qui allait arriver. Ce que je m'apprêtais à faire. C'était la première fois que j'étais si proche de toucher un homme, et je me sentais prête.

Cela me semblait *bien.*

– Je veux le faire. Pour toi, ai-je dit tandis que son regard plongeait dans le mien.

Pile dans le mien. Ma Frénésie avait faim, et si je ne pouvais pas la contenter entièrement, cela suffirait. Alors j'ai baissé mes lèvres sur ses hanches et j'ai continué de tracer une ligne de doux baisers le long de la ceinture de son pantalon. Puis mes doigts ont doucement tiré le vêtement vers le bas jusqu'à ce que je puisse voir tout de lui.

Et à ce moment, ma respiration s'est bloquée dans ma gorge. Il était grand et épais, exactement comme ce qu'on s'attendrait d'un Alpha. J'avais déjà regardé du porno, alors je savais quelle était la norme pour les pornstars. Mais le voir d'aussi près, sur un homme que je connaissais, un homme que j'aimais, c'était différent. Tellement différent.

J'ai d'abord fait courir mes doigts sur lui, le regardant devenir de plus en plus dur.

– Merde, Sienna, a murmuré Aiden. Est-ce que tu as déjà… ?

– Non, ai-je dit doucement, avant de sortir ma langue pour le goûter.

J'ai entendu Aiden haleter, ce qui m'a motivée à prendre son sexe dans ma bouche. J'ai sucé gentiment pendant quelques instants avant de prendre encore plus de lui. Autant que je pouvais. Je bougeais de haut en bas en rythme. Je n'avais jamais fait ça, certes, mais j'étais une fille de dix-neuf ans. Ce n'est pas comme si je n'avais jamais entendu mes amies parler de fellations, et cela d'innombrables fois. J'étais persuadée de savoir exactement quoi faire, et la manière dont il me répondait m'indiquait que je n'étais pas mauvaise.

Il gémissait de plus en plus fort. J'aimais être responsable de ça. Ça me faisait du bien de le rendre fou. Après quelques minutes de ce traitement, j'ai senti ses mains attraper ma nuque. Il essayait de me relever. Je savais pourquoi.

Il ne voulait pas que j'avale ce qui était sur le point d'arriver. Mais j'en avais envie. Non. J'en avais besoin. Je voulais le goûter entièrement, pour connaître chaque parcelle de son être.

Alors j'ai retiré ses mains et j'ai bougé ma tête de haut en bas encore plus rapidement, utilisant ma langue pour l'entourer. Cela n'a pris que quelques secondes et il a joui. Un liquide épais et salé, pas vraiment mauvais, a rempli ma bouche.

Je l'ai avalé et l'ai regardé, lui, le premier homme à entrer dans ma bouche de cette façon.

Sa respiration était saccadée, mais ses yeux brillaient. Il m'a attirée vers lui et a glissé une mèche de mes cheveux derrière mon oreille.

– Tu es spectaculaire, a-t-il dit, ce mot comportant en lui seul plus de flatterie que tous les compliments que je n'avais jamais reçus.

***

Josh : Mon Alpha, dépêche-toi.
Josh : On est déjà tous là.
Aiden : J'arrive.
Josh : Les Alphas n'ont pas à respecter le quart d'heure de politesse.
Josh : Lol.

Aiden

Sienna venait tout juste de m'époustoufler. Il n'y avait pas d'autre mot pour qualifier ce qui venait de se produire. Bien sûr, je savais que cette fille était chaude comme la braise. Je n'en avais jamais douté.

Mais je savais aussi à quel point elle était inexpérimentée et, derrière son apparence si innocente, je ne m'attendais pas à ça. Aucune des filles qui avaient un paquet d'années d'expérience ne m'avait jamais donné quelque chose comme ça.

Désormais, elle était dans la chambre d'amis, en train de se préparer. Je pouvais l'entendre bouger et mon imagination aimait me la représenter en train de s'habiller. La façon dont son corps m'apparaissait nu, puis elle en train d'enfiler une petite culotte…

Stop, me suis-je ordonné à moi-même. C'était comme si je ne pouvais plus me contrôler quand on était dans la même pièce. *Ce doit être la Frénésie.*

J'ai enfilé un pull et je me suis dirigé vers le couloir, tapant une fois contre la porte derrière laquelle se trouvait Sienna.

– Sienna, tu es prête ?

À peine une seconde plus tard, la porte s'ouvrait. Elle est apparue, vêtue d'un chemisier noir et d'une paire de jeans. Ses cheveux roux tombaient en cascade sur ses épaules. Ses courbes… la façon dont le tissu s'accrochait à elle pour la flatter… c'était trop. J'ai grogné en l'attirant contre moi.

– N'y allons pas, restons là et…

J'ai perdu mes mots, ma suggestion est restée suspendue à nos respirations lourdes.

– Mais bien sûr, Monsieur l'Alpha, a-t-elle dit en levant les yeux au ciel. Comme si tu pouvais louper la foire !

Elle avait raison, c'était impossible.

– Si cela ne tenait qu'à moi, on resterait ici toute la journée. Et la séance photo peut bien aller se faire foutre, ai-je dit en l'embrassant.

– On emmerde la séance photo, a-t-elle répondu en me regardant droit dans les yeux.

Mais nous ne pouvions pas. Parce que j'étais l'Alpha et que cette foire était l'événement, juste avant le bal de Yule, qui rassemblait toute la communauté. Et qu'est-ce qu'une communauté sans son leader ?

Sienna

Dès que nous avons approché de la foire, l'angoisse m'a prise à la gorge. De toute ma putain de vie, je n'avais jamais été une personne très nerveuse. Mais c'était la main de l'Alpha que je tenais dans la mienne. Je n'étais plus une jeune fille comme les autres.

J'étais la fille aux côtés d'Aiden Norwood. La fille scrutée par tous les regards, la cible de tous les ragots et ce, jusqu'à ce que tout le monde finisse par s'y habituer.

Mais j'aurais parié que cela mettrait un certain temps à arriver…

On avait tout juste rejoint les jardins en dehors de la foire et j'étais émerveillée de voir à quel point ils étaient raffinés. Quelqu'un avait placé des guirlandes de lumière dans les arbres, donnant au couchant une lueur magnifique.

Même d'ici, je pouvais m'apercevoir du monde qu'il y avait. Même si le bal de Yule était l'événement principal de la saison tous les ans, la foire était sa version « grand public » qui rassemblait toute la ville autour d'un chocolat chaud et de jeux forains. Être ici me ramenait en enfance.

Puis j'ai senti qu'on me serrait la main et mon esprit a été immédiatement happé par l'homme à mes côtés. L'homme qui ne cessait de me faire frissonner de la tête aux pieds.

Et je ne me sentais soudain plus comme une enfant.

–Tu es prête ? a-t-il demandé en me regardant.

Je lui ai répondu d'un hochement de tête. Je l'étais. Sienna Mercer, au rapport pour son rôle officiel. Il m'a alors promenée dans les jardins, parmi les gens de tous âges qui riaient et flânaient, me guidant directement à une table sous la tente à baldaquin. La table qui accueillait l'élite de la meute, dont Josh et Jocelyn.

Je les ai aperçus partageant une chaise – en tout cas, Jocelyn traitait les cuisses de Josh comme telle –, ils nous ont fait signe.

–Enfin ! Je me demande ce qui leur a pris autant de temps, a dit Josh en faisant un clin d'œil à Jocelyn, et j'ai senti mes joues rosir.

–Attention à toi ! a ordonné Aiden en plaçant un bras protecteur autour de mes épaules.

Je me lovai contre lui, appréciant sa chaleur.

–Monica du *Courrier de la Meute* te cherchait. Elle a besoin d'une réaction de toi, a dit Josh à Aiden qui s'est contenté de hocher la tête.

Il a attrapé deux gobelets de chocolat chaud au bar derrière la table et m'en a tendu un avant de me guider vers le centre de la foire.

–J'espère que ça ne te dérange pas que je te traîne à mes obligations, a-t-il grogné à mon oreille.

Quelque chose dans sa façon de me le dire rendait son propos sexy, même s'il n'avait rien d'extraordinaire. Je l'ai regardé, lui et la façon dont ses cheveux tombaient parfaitement, et l'ombre sur ses joues.

Il semblait sexy sans le moindre effort, et ce, en permanence. Et là, il m'a embrassée, au milieu de la foire, alors que nous étions entourés par des familles. Tout ce que j'arrivais à penser, c'était : *Laissez-les regarder.*

Un flash d'appareil photo a interrompu le baiser.

–Hé, Alpha, par ici !

Je me suis tournée pour déterminer d'où venait la source du combo de flash et de cri et j'ai vu une petite femme avec des cheveux bruns bouclés qui ressemblait à une éruption volcanique. Elle se tenait là devant nous, immobile, pourtant j'aurais juré qu'elle bougeait dans tous les sens.

– Monica, l'a saluée Aiden en lui tendant la main.

Elle l'a attrapée avec force et j'ai cru voir ses joues rougir.

– Dites-moi, dites-moi… a-t-elle dit en nous regardant. Est-ce bien sérieux ?

– Je pensais que vous vouliez une citation à propos de la foire ?

Elle a chassé l'idée d'un geste.

– Les foires vendent du chocolat chaud. Le sexe fait vendre des journaux.

Elle a fait un clin d'œil et laissé échapper un gloussement à sa propre blague. Aiden a levé un sourcil avant de se tourner à nouveau vers elle. Il a enlevé sa veste d'un coup d'épaule et, tirant sur le col de son pull pour dégager son cou, il a révélé la marque que je lui avais apposée la nuit dernière.

Monica a haleté, et j'ai failli en faire de même. Puis la chaleur a atteint mes joues, me remplissant d'un sentiment puissant de fierté, de ceux qui rendent évident que l'on est désirée. Par l'Alpha, qui plus est.

– Alors, c'est fait ? a pressé Monica.

Je me suis redressée. Je n'allais pas laisser paraître quoi que ce soit. C'était son monde, sa plateforme. Il pouvait bien dire ce qu'il voulait.

– Rien n'est jamais vraiment fait dans ce monde, a répondu Aiden.

– Alors y a-t-il encore de la place pour une autre dame ?

À cette question, Aiden m'a attirée contre lui, m'enveloppant dans ses bras.

– Là, maintenant, c'est la seule dont j'aie besoin.

Monica a poussé un grognement – *oui, un grognement* – et avant qu'elle ait pu penser à une autre question, Aiden a pris ma main et m'a guidée plus loin.

– Je vous retrouverai plus tard ! a-t-il crié par-dessus son épaule.

Nous nous sommes aventurés en bordure de la foire, près des arbres.

– Désolé, a-t-il dit, ses yeux cherchant les miens. Tu t'en es bien sortie.

– Vraiment ? Je n'ai pas dit un mot.

– Exactement. Tu t'es comportée comme une pro. Et maintenant, si je te récompensais ?

– Et comment penses-tu faire cela ?

Il a parcouru la foire des yeux avant de me faire pivoter pour que je regarde dans la même direction que lui. La grande roue.

– C'est mon attraction favorite, ai-je dit.

C'était vrai. Chaque année, c'était l'attraction que j'attendais le plus. Cela avait quelque chose à voir avec le fait de se retrouver au-dessus du monde, assez haut pour se sentir hors de tout danger, de toute menace. C'était revigorant.

– Tu peux te moquer de moi si tu veux.

– Me moquer de ton amour pour la grande roue ?

– Je n'ai pas dit que c'était de l'amour, j'ai juste dit que c'était mon attraction favorite.

Il a secoué la tête et m'a souri, comme s'il ne pouvait pas croire que j'étais une humaine parfaitement fonctionnelle.

– Allons-y alors, a-t-il dit en me tirant vers l'attraction.

Avant que j'aie pu dire quoi que ce soit, j'ai aperçu quelque chose dans ma vision périphérique. Au milieu des arbres. Un visage. Le même que j'avais déjà vu dans la forêt.

La femme avec les mystérieux yeux violets, celle à la beauté d'un autre monde. Le genre de visage qu'on n'oublie pas. Mais soudain, elle a disparu.

– Est-ce que tu l'as vue ? j'ai demandé, le souffle soudain coupé.

Aiden a regardé autour de lui sans savoir où poser son regard.

– Vu qui ?

– La femme !

– Quelle femme ?

– Elle était juste là.

– Sienna, est-ce que tout va bien ?

J'ai regardé à nouveau vers les arbres, là où la femme aux yeux mauves s'était tenue quelques instants auparavant et je me suis demandé ce que pouvait bien signifier le fait qu'elle n'apparaisse qu'à moi. Ce n'était pas juste une hallucination. Ça, j'en étais certaine.

ÉPISODE 24

LA CONFESSION

Sienna

On approchait de la grande roue, et j'essayais toujours d'effacer l'image de la femme aux yeux violets de ma tête. Aiden ne l'avait clairement pas vue et si je la mentionnais à nouveau, ça me conduirait sûrement tout droit à l'asile.

–Allez viens, ai-je dit, en tirant Aiden derrière moi jusqu'à l'adolescent tenant le stand de tickets.

J'ai plongé ma main dans mon sac pour prendre de quoi payer deux entrées, mais l'adolescent a levé la main.

–Non, pour l'Alpha c'est bon, a-t-il dit à Aiden, puis il a hoché la tête dans ma direction. Et pour vous aussi.

Hum. Se promener avec l'Alpha avait donc ses petits avantages.

L'adolescent nous a escortés tout au début de la file d'attente –je me suis retournée pour voir la réaction d'Aiden qui a juste haussé les épaules – et ensuite, nous sommes montés dans notre propre cabine. Je me suis glissée sur le banc et Aiden est venu s'installer juste à côté de moi. L'ado nous a aidés à baisser la barre de sécurité.

– Profitez bien de la Roue de l'Amour, a-t-il lancé avec un clin d'œil avant de disparaître dans la foule.

J'ai senti mes joues rosir :

– Elle ne s'appelait pas comme ça l'année dernière !

– Peut-être que quelque chose est différent cette année, a-t-il dit, et ses doigts se sont entremêlés aux miens.

Avant que je ne puisse interpréter ça, la grande roue s'est mise en mouvement. Notre cabine est montée rapidement jusqu'à ce qu'on soit au point le plus haut, admirant la ville à nos pieds.

– C'est si beau.

– En effet.

Je l'ai regardé alors qu'il disait cela et j'ai eu comme l'impression qu'il ne parlait pas de la vue. J'ai baissé les yeux. Je n'étais toujours pas à l'aise avec toute cette attention.

– Qui est Emily ?

En entendant son nom, ma tête s'est relevée d'un seul coup.

– Tu as prononcé son nom dans ton sommeil. Tu le répétais, encore et encore.

Ses yeux ont parcouru mon visage dans l'attente d'une réponse, mais je n'étais pas prête à en parler. Je n'en avais jamais parlé avec personne.

– Je ne peux pas… ai-je dit, ne voulant pas lui mentir.

Il a soupiré et a posé son regard sur la vue. À ce moment, j'ai cru le perdre, mais il s'est mis à parler.

Aiden

J'avais entendu Sienna gémir dans son sommeil la nuit précédente, alors que je la tenais dans mes bras. J'avais pu sentir son corps trembler et, même sans pouvoir voir ses larmes dans l'obscurité, je n'aurais pas été surpris d'en trouver sur ses joues.

Elle avait appelé Emily, encore et encore, assez fort pour me réveiller. Non pas que ça me dérangeait. Peut-être était-ce mon côté Alpha, mais j'aimais qu'on ait besoin de moi.

Je l'avais serrée plus fort contre moi et j'avais caressé ses cheveux jusqu'à ce que ses gémissements cessent, puis j'avais à nouveau sombré dans le sommeil.

J'étais pratiquement sûr qu'elle était endormie au milieu de sa crise, mais je savais aussi que ce genre d'émotion n'était pas suscitée par n'importe quel personnage issu de son imagination. Il y avait quelque chose de caché derrière ses gémissements et ma curiosité a pris le dessus.

Alors, quand nous nous sommes retrouvés bloqués dans notre cabine de grande roue, à regarder la ville en contrebas, je l'ai mentionné. Et quelque chose a immédiatement changé en elle. Elle s'est un peu écartée de moi, mais je ne pense pas qu'elle l'ait fait exprès. Je pense que son instinct, quand quelqu'un lui demande quelque chose de personnel et d'important, est de mettre de l'espace entre la situation et elle-même.

En tant qu'Alpha, j'avais appris il y a longtemps à mettre à l'aise les gens que je côtoyais. C'est quelque chose que mon père m'avait inculqué quand j'étais plus jeune : ne jamais s'attendre à quoi que ce soit de gratuit.

« Donne quelque chose pour récolter quelque chose », disait-il, et cela m'avait marqué.

Alors, à bord de la grande roue, je me suis préparé à lui offrir quelque chose.

– J'avais un frère, j'ai commencé, le regard dans le lointain.

J'ai senti ses yeux se poser sur moi aussitôt.

– Son nom était Aaron.

– Était ? s'est-elle étouffée.

Je la regardais à présent, en hochant la tête.

– C'était mon aîné, de quelques années. Il avait toujours su que je le surpasserais en tant qu'Alpha, il disait qu'il l'avait senti même quand on était gosses. Mais il s'en fichait. Il me chahutait quand même.

J'ai souri, en repensant aux moments partagés pendant notre enfance. Juste nous deux et nos parents, nous avions toujours été proches.

– Qu'est-il arrivé ? a murmuré Sienna.

– Il a rencontré sa compagne, ai-je dit. Son nom était Jen. C'était une humaine. Une scientifique. Belle et intelligente, et faite pour lui. Je ne l'avais jamais vu aussi heureux que quand il était avec elle.

C'était vrai. Les voir ensemble est ce qui m'avait poussé à garder l'espoir qu'un jour, moi aussi, je rencontrerais ma compagne.

– Et puis un jour, dans le labo où elle travaillait, il y a eu une explosion. Dans le bureau juste à côté du sien, un mélange qui n'aurait jamais dû se produire entre deux produits chimiques. Un accident. Une erreur humaine, ont-ils dit. Mais c'était trop tard, elle était partie.

Les yeux de Sienna se sont remplis de larmes. Elle attendait que je termine, en silence.

– Tu sais ce qui arrive quand on perd son compagnon. Le cœur d'Aaron ne l'a pas supporté. Il s'est brisé en mille morceaux, s'est désintégré jour après jour, jusqu'à ce qu'il n'en reste rien. Et il est parti, lui aussi.

Sienna a entouré ma main de la sienne, l'attirant sur ses cuisses. Puis elle m'a regardé, ses yeux m'ont procuré une certaine forme de soulagement. Comme si elle apaisait mon âme sans dire un mot.

– Je suis désolée, a-t-elle dit au bout d'un moment.

Puis elle a pris une profonde inspiration, comme si elle s'apprêtait à pénétrer dans un nouveau monde. Un monde qu'elle ne connaissait pas.

Sienna

J'ai pris une profonde inspiration et son visage a rempli mon esprit. Le fait qu'Aiden s'ouvre à ce point, qu'il soit si sincère, a libéré mes souvenirs. Comme s'il était parvenu à leur dire que tout irait bien, que nous n'avions plus à avoir peur, plus maintenant.

La dernière fois que j'avais vu Emily, c'était le jour d'après. J'ignorais pourquoi elle avait été si froide ce matin-là, pourquoi elle hésitait à me laisser venir la voir.

Elle avait eu un rendez-vous important la veille au soir, avec le type qu'elle voyait depuis un moment. Elle était nerveuse, bien sûr, mais nous n'avions que quinze ans. Quelle fille ne serait pas nerveuse avant un rendez-vous ? Je l'avais aidée à se préparer, je m'étais assurée que sa tenue soit assez sexy pour attirer son attention.

J'avais même apporté de la lotion à paillettes appartenant à Selena, le genre qui, quand on l'appliquait, laissait des paillettes miroitantes. J'ai aidé Emily à s'en mettre sur le cou et la poitrine, puis je lui ai dit avec sourire approbateur.

– Tu es tellement belle qu'on en mangerait.

Et je l'avais laissée partir.

Elle m'avait envoyé quelques messages pendant que je dînais avec ma famille, disant qu'il était trop tactile, trop agressif, mais je ne m'en suis pas émue. J'étais dominante, alors j'imaginais que tout le monde autour de moi l'était aussi.

Je ne pouvais pas m'imaginer un partenaire soumis. Dans mon esprit, c'était la pire des options.

Je me suis endormie rapidement et quand je me suis réveillée le lendemain matin, mon téléphone m'indiquait que j'avais raté quatre de ses appels. Là encore, je ne me suis pas inquiétée plus que ça. J'avais pensé que mon amie avait voulu me raconter son premier baiser ou à quel point il était sexy. Et comme je n'avais même pas encore eu de crush sur qui que ce soit, je n'étais pas pressée de prendre ses appels.

Puis, comme tous les samedis, je me suis rendue chez elle. Sa mère m'avait accueillie à la porte en me prévenant qu'Emily ne se sentait pas très bien. Je suis quand même allée dans sa chambre, où je l'ai trouvée enfouie sous les couvertures, le visage encore maquillé de la veille.

– Qu'y a-t-il ? l'avais-je interrogée en me précipitant à ses côtés.

– Rien.

Sa voix était sèche, ses yeux vides, mais ils se sont fixés sur moi et elle a tiré les couvertures sur elle. Mes yeux ont parcouru les paillettes sur sa poitrine mais ont vu aussi les traces de griffures, la traînée de sang séché.

– Emily, j'ai pleuré en attrapant ses mains. Est-ce que tu vas bien ? Qu'est-ce qui s'est passé ?

– Il a pensé… avait-elle commencé et ses yeux s'étaient remplis de larmes. Il a pensé que j'étais si belle qu'on en mangerait.

J'avais laissé ma meilleure amie sortir avec un type qui ne voulait qu'une seule chose et quand elle n'avait pas voulu la lui donner, il l'avait prise quand même.

– Elle a été violée, j'ai fini par lâcher, en osant enfin regarder Aiden.

Pour la première fois, j'avais décrit à voix haute les détails enfouis dans ma mémoire.

– Je l'avais encouragée à sortir avec le type qui l'a violée. Et je n'ai pas répondu quand elle m'a appelée à l'aide.

Il a tendu la main pour essuyer une larme qui s'était échappée.

– Ce n'est pas ta faute, a-t-il dit. Cette petite merde de loup-garou, c'est lui qui devrait pleurer.

– Elle s'est suicidée. Deux jours plus tard.

J'ai regardé Aiden droit dans les yeux, ne voulant rien perdre de sa réaction. C'était quelque chose que j'avais gardé pour moi assez longtemps, alors j'ignorais comment j'allais me sentir une fois la vérité sortie.

Il a inspiré profondément, a fermé les yeux. Quand il les a rouverts, ils étaient rouges, comme s'il partageait ma peine.

– Je comprends, a-t-il dit, et il a porté ma main à ses lèvres.

Il l'a embrassée gentiment, si doucement que je me suis demandé si je l'aurais senti les yeux fermés.

– Quoi ?

– C'est pourquoi tu as voulu préserver ta virginité. C'est sacré. Et cela devrait être respecté. Je le respecterai, Sienna. Je te respecterai.

Il n'y a pas de recette miracle pour ce genre de conversation, mais s'il en existait, ce devrait être la réponse que chacun devrait apprendre par cœur.

J'ai senti tout mon corps se détendre, comme si tout le stress que je craignais de ressentir le jour où je parlerais d'Emily s'était évaporé. Tout cela grâce à l'homme assis à mes côtés, qui me serrait la main.

L'Alpha.

L'Alpha avait fait ralentir la cadence de mon cœur, m'avait mise à l'aise dans une cabine perchée très haut dans les airs. Et alors que la roue se remettait à tourner, alors que nous nous apprêtions à regagner la terre ferme, je n'ai pas pu m'empêcher de penser qu'Aiden…

Aiden pourrait bel et bien être mon compagnon.

ÉPISODE 25

LA CONNEXION

Sienna

– Sienna, peux-tu attraper le champagne ?

J'ai regardé de l'autre côté de la salle à manger, vers Aiden, qui apportait un plateau de fromage et de biscuits secs à table. J'ai presque dû me pincer. Cela semblait si irréel. Nous organisions un dîner, notre premier dîner, en tant que couple. Pas un couple de compagnons, bien sûr, mais un couple pour la saison.

L'accouplement était une tout autre affaire qui demanderait du temps.

Je n'avais toujours pas eu le moment « waouh » que je recherchais, celui que j'avais toujours imaginé quand je pensais à mon compagnon. Selena avait dit que cela prenait parfois du temps.

Comme pour Mia et Harry. Ils avaient été meilleurs amis pendant des années avant de s'accoupler. Mais j'avais besoin de m'assurer qu'Aiden était bien mon compagnon avant de décider quoi que ce soit de définitif. J'attendais un signe.

– Bien sûr, je lui ai répondu, en allant dans la cuisine pour retirer une bouteille de champagne du frigo.

Au moment où je retournai dans la salle à manger, la sonnette a retenti.

– Et c'est parti, a-t-il lancé avant d'aller ouvrir.

Il y a eu des embrassades, des éclats de rire, et quand la sonnette a retenti à nouveau, quatre visages familiers de plus étaient dans la pièce.

– Sienna, ma chérie, m'a saluée Jocelyn. Tu es magnifique.

J'ai serré Josh dans mes bras pour lui dire bonsoir, puis j'ai embrassé Mia et Harry sur les joues.

– Merci d'être venus, ai-je dit au couple nouvellement fiancé.

– On n'aurait manqué ça pour rien au monde, a répondu Harry, et je n'ai pas pu m'empêcher de me sentir ivre de joie pour mon amie.

Harry était un type vraiment bien et je savais qu'ils étaient faits l'un pour l'autre. À ce moment-là, Erica m'a attrapé le bras, me forçant à tourner sur moi-même et j'ai vu qu'elle en avait après la bouteille de champagne.

Dans un geste précis, elle l'a débouchée et nous a tendu à chacun une flûte dans laquelle elle avait versé une bonne dose de liquide pétillant.

– Santé ! a-t-elle dit, et nous avons trinqué.

J'ai jeté un coup d'œil à Mia et nous avons échangé un regard. Depuis qu'Erica était la dernière à ne pas s'être trouvé de partenaire pour la saison, elle buvait plus que de raison. Je ne pensais pas qu'il fallait trop s'inquiéter et j'espérais encore qu'elle trouve quelqu'un. J'ai regardé par-dessus l'épaule de Harry pour découvrir Aiden en pleine conversation avec Rhys, un de ses plus vieux amis.

J'ai appelé Aiden avant de voir leur petit groupe rappliquer et se mélanger au nôtre.

– Hé, Aiden ! On a du champagne par ici.

Les présentations ont été faites, conformément à mon plan. Aiden avait mentionné que Rhys était célibataire pour la saison et je comptais bien qu'il discute avec Erica.

–Erica, je crois que Rhys aimerait bien un verre.

–C'est vrai ? lui a-t-elle demandé.

Il lui a souri en retour, attrapant une flûte sur la table et la tenant sous la bouteille pendant qu'elle versait. *Parfait.*

J'ai senti quelqu'un tapoter mon épaule et je me suis tournée pour découvrir Mia.

–Où est Michelle ? a-t-elle demandé.

–Je l'ignore. J'imaginais qu'elle viendrait avec vous…

Mia a secoué la tête.

–Elle devait accompagner Ross. J'ai essayé de l'appeler avant de partir, mais elle n'a pas décroché.

–Bizarre. Ils respectent sans doute le quart d'heure de politesse. Tu sais comme ils sont quand ils sont ensemble.

–Oh, là, là, ils ne peuvent pas tenir cinq minutes sans…

On s'est regardées avant d'éclater de rire.

Le champagne et être entourée de tous mes amis, et d'Aiden, me faisait me sentir légère.

Michelle : Je suis dehors.

Sienna : ??

Sienna : Bah entre, voyons !

Michelle : Est-ce que tu peux sortir ?

Sienna : Mich ?

Sienna : Qu'est-ce qui se passe ??

Michelle : STP Sienna.

Michelle : J'ai besoin que tu sortes.

Je me suis glissée hors de la salle à manger pendant que tout le monde prenait place à table, en fermant la porte doucement derrière moi.

–Michelle? ai-je appelé tout bas pour n'alerter personne à l'intérieur.

Je n'ai rien vu ni entendu mais, quelques instants après, j'ai détecté du mouvement au bord de la pelouse. Michelle est sortie de derrière un arbre.

–Je suis là, a-t-elle dit, et j'ai vu qu'elle avait pleuré.

Aussitôt, mon cerveau a pensé au pire scénario possible, à ce qui était arrivé à Emily et combien j'avais été lente à réagir.

J'ai couru vers elle.

– Est-ce que ça va ? Qu'est-il arrivé ? j'ai demandé si vite que les mots ont semblé incohérents.

– Il… il…

– Ce n'est rien, viens là. Respire fort, ai-je dit en la guidant vers la grosse pierre de l'allée.

Nous nous sommes appuyées dessus, je lui ai frotté le dos. J'ai regardé Michelle, généralement si badass, si confiante en elle, si extravertie, porter une main tremblante à ses yeux pour essuyer des larmes.

– Est-ce qu'il t'a fait mal ?

Elle m'a fixée, les yeux pleins de douleur, mais d'une douleur différente de celle qui avait rempli le regard d'Emily ce jour-là.

– Il m'a plaquée.

– Quoi ?

– Pour une autre. Il dit qu'elle est… plus sexy… et… meilleure… meilleure au lit.

Je pouvais à peine la comprendre à travers ses sanglots, mais je savais que c'était la pire chose que Michelle pouvait entendre.

Elle avait l'habitude d'obtenir ce qu'elle voulait, surtout avec les garçons, et elle avait fait confiance à Ross.

Je l'ai serrée contre moi.

– Je suis désolée, tellement désolée, Mich.

– Je ne pense pas que je peux entrer…

– Arrête ça. Bien sûr que tu vas rentrer.

– Je suis dans tous mes états…

– Si tu t'en vas, alors c'est lui qui a gagné. Tu as besoin de t'amuser ce soir. C'est ce que tu mérites.

Elle m'a souri.

– Tu m'as manqué, Si, a-t-elle dit. Je suis désolée qu'on ait…

– Ouais, moi aussi, ai-je répliqué en attrapant sa main. Est-ce qu'on peut ne plus jamais se disputer, genre, jamais ?

– Promis, a-t-elle dit, et on a ri tous les deux.

Puis elle s'est relevée, a fait rouler ses épaules et a libéré ses cheveux de sa queue-de-cheval.

– De quoi ai-je l'air ?

– Tu es parfaite, ai-je répondu.

Et nous sommes entrées.

Aiden

Je n'avais pas l'impression de connaître Sienna seulement depuis quelques semaines. Voir tous nos amis se mélanger dans la salle à manger paraissait… normal. Et agréable.

– Hé mec, ce gouda a vachement bon goût-da, a dit Josh en tapant sur mon épaule, la bouche pleine de fromage.

Je n'ai pas pu m'empêcher de rire. Certaines choses changeaient, mais d'autres restaient définitivement les mêmes.

– Tu veux un autre verre ? ai-je demandé à Josh.

– De la bière, a-t-il répondu.

Alors je me suis levé et je suis allé en chercher quelques-unes au frigo.

Josh était mon plus vieil ami, et le meilleur, maintenant que j'avais mis certaines choses au clair, c'était aussi un Bêta en qui je pouvais avoir pleinement confiance. Enfin, il avait toujours été digne de confiance. Il savait tout ce qui s'était passé avec Aaron et à quel point ça m'avait affecté longtemps.

Mais maintenant, avec toutes les bizarreries qui arrivaient à la meute – d'abord la brèche dans notre périmètre et ensuite l'arrivée surprise de l'Alpha du Millénaire –, je me sentais enfin en mesure de me reposer sur lui en toute transparence.

Il était bien plus intelligent que son côté beauf pouvait le laisser penser.

J'ai attrapé quelques bières et les ai rapportées sur la table. Nous les avons portées à nos bouches – être un loup-garou signifie ne jamais avoir besoin de décapsuleur – et avons ouvert les bouteilles avec nos dents. Josh a ouvert la sienne en moins d'une seconde, mais pour une raison qui m'échappait, la mienne ne voulait pas bouger.

– C'est quoi ce bordel, mon pote ?

Je l'ai chassé de la main et j'ai essayé de faire bouger la capsule, sans succès. Les gens commençaient à le remarquer.

– On devient faiblard ! a crié Josh, et maintenant tout le monde me regardait en train de me débattre pour ouvrir ma putain de bière.

– Allez, l'Alpha ! a encouragé Rhys depuis l'autre bout de la pièce.

– L'Alpha contre la bière ! L'Alpha contre la bière ! a commencé à chanter Josh en tapant ses mains contre la table.

Maintenant, j'étais énervé.

J'ai attrapé la capsule entre mes molaires et je l'ai arrachée d'un coup avant de la recracher sur la table. Josh m'a donné une grande tape dans le dos.

– Eh bah, voilà mon potot ! J'ai bien cru, pendant un moment, que tu avais perdu tes pouvoirs.

Je lui ai lancé un regard d'avertissement avant qu'il ne continue sur cette pente glissante. OK, nous n'étions pas au boulot ou à la Maison de la Meute, mais j'étais toujours son putain d'Alpha. Il s'est fait tout petit sur son siège.

– C'est la bouteille qui avait un problème, j'ai marmonné.

– Soit ça, soit elle n'est pas ta compagne.

Avant qu'il ne puisse poursuivre, je l'avais déjà attrapé à la gorge.

– Qu'est-ce que tu viens de dire ?

Il m'a lancé un regard un brin nerveux avant d'observer autour de lui. Rhys avait remarqué, mais tout le monde était en pleine conversation. J'ai reculé, ne voulant pas faire de scène.

Josh s'est penché.

– Je dis juste que si c'était vraiment ta compagne, tu serais fort comme jamais. Tu le saurais.

Avant que j'aie pu répondre, Sienna est entrée dans la pièce, son amie sur les talons. C'est là que j'ai réalisé que ça faisait un moment que je ne l'avais pas vue, qu'elle s'était absentée.

Où était-elle partie ? Et pourquoi ne l'avais-je pas remarqué ?

Josh était entré dans ma tête. Il me faisait douter de moi-même d'une façon tout à fait inédite.

Sienna

J'ai conduit Michelle dans la salle à manger, je l'ai observée se transformer en la femme que j'avais toujours connue. Celle qui gardait la tête droite en toute situation et qui refusait de se laisser marcher sur les pieds.

J'ai plongé mon regard dans celui d'Aiden. Je savais que j'aurais dû être habituée à ce genre d'échanges, mais la façon dont sa barbe de trois jours faisait ressortir sa fantastique mâchoire et la façon dont sa bouche s'ourlait d'un petit sourire ont fait virevolter des papillons en moi.

Je n'étais pas habituée. Il me donnait toujours la chair de poule.

– Michelle est arrivée, j'ai crié à la cantonade, et tout le monde s'est tourné pour la voir.

C'est là que quelque chose d'inattendu et d'inexplicable est arrivé.

C'était comme une vague d'électricité traversant la pièce, mais qui n'aurait touché que deux personnes.

L'air s'est raréfié, le chahut a cessé et Michelle et Josh se sont retrouvés connectés par ce drôle de courant. Leurs regards étaient rivés l'un à l'autre avec une intensité si distincte que tout le monde, dans la pièce, a compris ce qui était en train de se passer.

Michelle et Josh, au premier regard échangé, étaient désormais accouplés.

Je ne pouvais pas m'empêcher d'être heureuse, un peu égoïstement, parce que j'étais la personne qui avait convaincu Michelle de rentrer et que, maintenant, je ferais partie de leur histoire de couple pour toujours. J'ai regardé autour de moi, espérant partager mon enthousiasme avec quelqu'un, quand mes yeux se sont posés sur Jocelyn.

Merde, Jocelyn.

Doucement mais sûrement, l'attention de tout le monde – sauf celle de Michelle et Josh dont les regards étaient toujours connectés – s'est portée sur elle. Elle savait ce qui arrivait. Elle ne l'ignorait pas. Impossible. Mais au lieu d'avoir la réaction que tout le monde attendait (des cris, des pleurs, du drame…), Jocelyn s'est contentée de se lever.

Elle a pris sa flûte de champagne dans une main et l'a levée.

– J'aimerais porter un toast au nouveau couple, a-t-elle dit de sa voix de colombe.

Michelle et Josh s'étaient enfin quittés des yeux et ce dernier avait fait le tour de la table pour apporter un verre à mon amie.

– À Michelle et Josh, a dit Aiden, et tout le monde a levé son verre, en chœur avec lui.

J'ai jeté un autre regard à Jocelyn une fois que nous nous étions tous rassis et je n'ai pas pu m'empêcher de me demander si elle cachait une attitude moins élégante, sous cet air détaché. Elle souriait et disait tout ce qu'il fallait, effectivement, mais l'homme avec lequel elle partageait la saison venait de se mettre en couple avec une autre femme, une femme qu'il ne connaissait pas dix minutes avant, et tout cela devant ses yeux.

Jocelyn était peut-être une guérisseuse, mais ma mère m'avait toujours dit qu'il fallait s'occuper de soi avant de vouloir venir en aide aux autres. Et Jocelyn avait besoin de s'occuper d'elle, je me demandais quand elle s'en rendrait compte.

J'espérais juste que ce serait avant de craquer…

ÉPISODE 26

LE BAL DE YULE

Sienna

Au lieu de faire une scène, la veille, après que Josh et Michelle étaient tombés amoureux brutalement, en public, Jocelyn avait juste encaissé le coup. Elle s'était levée, avait pris son verre et porté un toast au nouveau couple, si bien qu'elle avait mis tout le monde à l'aise.

La guérisseuse avait guéri.

Mais quand je m'étais réveillée ce matin-là, je ne me sentais pas du tout en paix. Il y avait un grand vide à l'endroit où Aiden était normalement allongé. C'était d'autant plus étrange que, d'habitude, j'étais la première réveillée. Il ne s'était pas seulement réveillé avant moi. Il était parti.

Puis j'ai réalisé d'un coup : aujourd'hui n'était pas n'importe quel jour. Aujourd'hui, c'était le bal de Yule.

Aiden serait à la Maison de la Meute toute la journée pour tout organiser, s'assurant que le moindre détail soit en place pour le plus grand événement de l'année. C'était le bal auquel tout le monde, au-dessus de seize ans, était invité, humains comme loups-garous. C'était la fête qui nous rassemblait tous pour célébrer l'année passée et se réjouir pour l'année à venir.

C'était un véritable spectacle. Chacun était sur son trente-et-un, s'assurant que ses enfants/petits amis/compagnons en faisaient de même. C'était l'endroit où il fallait être vu et un événement encore plus spécial pour les jeunes célibataires qui cherchaient leur partenaire.

Même si, les années précédentes, je n'avais pas cherché activement, j'avais gardé l'œil ouvert, au cas où. Mais cette année serait différente. Cette année, je tiendrais la main de quelqu'un – celle de l'Alpha. Si on m'avait dit ça un an plus tôt, j'aurais éclaté de rire. Mais à présent… cette pensée me faisait me sentir… bien.

Juste à ce moment-là, mon téléphone a vibré sur la table de nuit, je l'ai attrapé pour regarder l'écran :

Michelle : Hé oh ??
Michelle : Je suis dehors.
Michelle : Ça fait des heures que je frappe à la porte !!!

Oups. J'ai sauté du lit et me suis précipitée en bas des escaliers, envoyant valser la porte pour l'ouvrir.

Michelle m'a jeté un seul regard avant d'éclater de rire.

– Tes cheveux…

– Oh, tais-toi !

Je me suis plantée devant le miroir du couloir et, en me voyant, je me suis mise à rire aussi.

– Ouais, bon, d'accord, la situation est tragique.

Mes cheveux pendaient en touffes de tous les côtés et j'avais une drôle de marque imprimée sur la joue. J'avais dû m'endormir sur ma main ou quelque chose du genre.

– Est-ce que je te tire du lit ?

Michelle m'a tendu un gobelet de café et j'ai hoché la tête, en avalant une gorgée avec reconnaissance.

–Il est 10h30, depuis quand est-ce que tu fais des grasses matinées ?

J'ai presque craché mon café.

–Comment ça, 10h30 ? ai-je demandé.

Comment cela avait-il pu arriver ?

–Allez, traîne tes fesses sous la douche. Selena sera bientôt là avec les robes et tu as besoin qu'on s'occupe de tes cheveux avant toute chose.

Nous étions en train de monter les marches quand je me suis retournée vers Michelle pour lui poser la question qui me pesait depuis la veille.

–As-tu parlé à Jocelyn ?

–Ouais, nous sommes allées prendre un café.

–Et alors ?

–Je ne sais pas comment cerner cette fille, Sienna, elle est si… gentille. Ça me tue.

–Qu'est-ce que tu veux dire par là ?

–Quand Ross m'a larguée, j'ai complètement pété les plombs. Tu m'as vue. Et encore, tu n'étais pas là quand il me l'a annoncé. J'ai essayé de lui casser la figure. Littéralement. C'était de la rage pure. Mais Jocelyn… c'était comme si elle avait ce sixième sens, comme si elle l'avait senti arriver. Elle m'a dit que l'amour est la chose la plus importante à ses yeux et qu'elle était honnêtement ravie que nous l'ayons trouvé.

–Oh, mon Dieu !

–Je sais, je n'aurais jamais pu être aussi sympa.

–Ne dis pas ça, tu es gentille toi aussi, ai-je dit en attrapant une serviette pour me diriger vers la salle de bains.

–Ouais, gentiment salope ! a-t-elle répliqué depuis le couloir.

Je n'ai pas pu m'empêcher de rire. J'étais ravie que mon amie redevienne mon amie et qu'elle ait trouvé son compagnon de vie.

J'avais un bon pressentiment concernant cette journée, elle pourrait même se révéler parfaite.

***

–Tu es à couper le souffle !

–Oh, mon Dieu, Sienna !

–Laisse-la se regarder !

Pendant qu'elles me maquillaient et m'aidaient à m'habiller, Michelle et Selena m'avaient tenue éloignée des miroirs, mais maintenant, nous étions debout en face de mon reflet. En tout cas, c'est ce qu'elles m'ont dit, parce que les mains de Selena couvraient toujours mes yeux.

–OK, prête ? Un… deux… trois !

Elle a enlevé ses mains.

Soudain, j'ai pu à nouveau voir, et je ne pouvais pas croire ce que j'avais devant les yeux. C'était moi, je le savais, mais en version beaucoup plus… sophistiquée. Et sexy. Non, pas juste sexy.

Sensuelle.

Michelle avait relevé mes cheveux pour qu'ils tombent en douces boucles sur mes épaules, et elle avait réussi à domestiquer mon look sauvage, sans bouclettes.

Ce style faisait ressortir le roux de mes cheveux. Ils étaient d'une teinte profonde naturellement, mais là, on aurait dit du velours rouge qui contrastait avec le blanc de ma peau.

J'avais passé d'innombrables nuits à rêver d'une peau bronzée, mais mon teint n'avait jamais rien voulu entendre. Désormais, je ne me plaignais plus de ma pâleur parce qu'elle faisait ressortir tout le reste.

Mes lèvres semblaient d'un rouge profond grâce au maquillage que Selena avait choisi pour aller avec ma chevelure. Et mes yeux, mes yeux bleus, semblaient plus clairs que jamais, immenses et brillants. Michelle avait fait des miracles avec sa palette de fards à paupières dans les tons neutres. Mes cils avaient l'air d'avoir gagné quelques centimètres.

Et puis il y avait la robe.

C'était une création originale de Selena qui avait insisté pour que je la porte ce soir.

–Ne renverse rien dessus ou je serai obligée de te tuer, m'a-t-elle avertie.

Puis elle a dézippé la housse et j'ai immédiatement su que je me tuerais avant qu'elle le fasse si je renversais quoi que ce soit dessus.

Elle était magnifique.

D'un bleu profond, comme du saphir, et ajustée, avec un col montant et sans manches. Le dos était complètement ouvert et la robe était si longue qu'elle touchait le sol.

Elle accentuait si bien mes formes qui n'avaient jamais été mises en valeur de la sorte. Elle s'accrochait et tombait exactement aux endroits où il fallait et, une fois mes talons aiguilles mis, j'étais carrément une toute nouvelle personne.

– Comment te sens-tu ? a demandé Selena en tirant mes cheveux derrière mes épaules.

Leurs regards étaient encore sur moi et je ne pouvais pas non plus lâcher mon reflet des yeux.

– On dirait que ce n'est pas moi.

– Oh, mais c'est bien toi, Sienna, a dit Michelle, les mains sur ses hanches. Aiden va perdre la tête.

– Tu es définitivement digne d'être au bras d'un Alpha, a ajouté Selena en attrapant son sac à main sur la chaise.

– Merci à toutes les deux, ai-je dit en me tournant finalement pour leur faire face. Je n'aurais jamais pu arriver à ce résultat toute seule.

Michelle était en train d'attacher ses chaussures à plateforme argentées, mais elle s'est arrêtée pour m'envoyer un baiser.

Son look était spectaculaire : une robe de satin noir et un rouge à lèvres d'un bordeaux profond. Ses cheveux étaient relevés en un chignon parfait.

Selena semblait immaculée comme jamais, elle portait une robe rose pastel avec des échancrures le long du buste. Un style qu'elle seule pouvait porter sans avoir l'air ridicule.

– Êtes-vous prêtes, Mesdames ? a demandé Selena en s'appliquant un dernier coup de blush sur les pommettes.

– Prête ! s'est exclamée Michelle en se levant.

Toutes les deux m'ont regardée, alors je me suis redressée et j'ai levé haut le menton.

–Allons-y, ai-je dit.

Aiden : Je n'aurai pas le temps de te voir avant.
Aiden : On se retrouve à l'intérieur ?
Sienna : Bien sûr.

J'étais tellement sur un petit nuage que je me fichais même d'avoir à faire mon entrée au bal sans Aiden. Je me sentais invincible, comme si rien ne pouvait m'arriver tant que j'étais habillée ainsi. Avec ces femmes à mes côtés.

Nous étions dans la voiture. Selena conduisait, Jeremy et Josh étant déjà à la Maison de la Meute.

On a passé la sécurité qui nous a fait signe d'avancer. Les années précédentes, nous nous étions garées dans le parking général, celui devant lequel nous passions à présent, où d'innombrables familles et couples entamaient le chemin depuis leur voiture jusqu'à la salle de bal.

Cette année, pourtant, Aiden avait pris des dispositions pour que nous ayons accès au parking de la Maison de la Meute, ce qui rendait le chemin beaucoup plus simple à faire avec ces talons hauts.

Selena s'est garée juste devant la Maison de la Meute et nous sommes sorties de la voiture en lissant nos robes. C'était le moment.

Quelques minutes plus tard, nous passions les portes de la salle de bal. La pièce était incroyable. Des lumières de Noël étaient suspendues partout et des chandeliers étincelants tombaient du plafond. Chaque centre de table disposait d'un superbe candélabre et le tout plongé dans une douce pénombre.

Selena a trouvé Jeremy presque aussitôt et il l'a soulevée dans ses bras, l'embrassant intensément. Puis j'ai entendu Michelle couiner et je me suis tournée pour découvrir qu'elle courait vers Josh qui se dirigeait vers nous. De là où je me tenais, j'ai entendu le « Oh, mon Dieu » qu'il a lâché. J'ai ressenti un tiraillement de jalousie tout en regardant autour de moi pour voir si je pouvais repérer mon Alpha.

Mais il ne semblait être nulle part et avant que j'aie pu leur poser la question, Josh et Michelle s'étaient évanouis dans la foule.

J'ai sorti mon téléphone pour lui envoyer un message, mais je ne captais pas à l'intérieur.

J'ai passé les portes dans le sens inverse et j'ai parcouru les abords de la salle à la recherche d'un signal, mais rien.

J'ai fait quelques pas dans l'allée, les yeux collés à mon téléphone, et c'est là que j'ai remarqué quelque chose.

J'ai aussitôt levé la tête, mais il n'y avait rien. J'ai reporté mon attention sur mon écran. Mais alors, dans ma vision périphérique, je l'ai vue à nouveau. J'ai tourné la tête et elle était là.

La même femme aux yeux violets, que j'avais vue dans la forêt et à la foire.

Seulement cette fois, elle n'avait pas disparu.

– Vous, j'ai balbutié, sentant que, peut-être, j'aurais dû avoir peur.

Mais quelque chose dans son attitude me calmait. Comme si je savais, au fond, qu'elle ne me ferait pas de mal.

– Sienna Mercer, a-t-elle dit, et c'était comme si ses mots étaient drapés dans du cachemire.

– Qui êtes-vous et comment connaissez-vous mon nom ?

Elle a fait un pas vers moi, la soie entourant son corps miroitait à chacun de ses mouvements. Puis son doigt s'est retrouvé sous mon menton et ses yeux à quelques centimètres des miens.

– Qui je suis n'a pas d'importance. Mais qui tu es, toi… qui est après toi… c'est cela que tu dois savoir.

ÉPISODE 27

LA FEMME MYSTÉRIEUSE

Aiden

J'étais dans l'arrière-salle. Une pièce à laquelle seules avaient accès les personnes que je choisissais d'y inviter. C'était à la fois une bibliothèque et un dressing dans lequel je pouvais me préparer et prendre du temps pour moi avant les événements officiels.

Je m'étais rendu dans la salle de bal un peu plus tôt, mais la soirée venait à peine de commencer. J'avais organisé et mené un certain nombre de bals de Yule, mais celui-ci était plus important que les autres.

Ce soir, l'Alpha du Millénaire ferait son apparition pour une raison que tout le monde ignorait. C'est pour cela que j'avais tenté de me surpasser dans les préparatifs, pourquoi j'avais travaillé d'aussi longues heures et ressenti plus de stress que jamais. Sa venue, ce soir, n'avait aucun sens.

Bien sûr, j'étais plus que ravi de l'accueillir.

Après tout, c'était l'Alpha du Millénaire. Il était logique que je sois fier qu'il ait décidé de venir au bal que j'organisais.

Pourtant, quelque chose ne collait pas.

J'ai entendu qu'on frappait à la porte, alors j'ai arrêté de faire les cent pas et je suis allé ouvrir, enfin entrouvrir. Quand j'ai vu que c'était Josh, je l'ai laissé entrer.

– Mec, qu'est-ce que tu fais toujours là ?

– Est-ce qu'il est arrivé ?

– Pas encore, mais allez, bouge-toi, les gens t'attendent.

C'est alors que j'ai remarqué les deux verres dans les mains de Josh. Ils contenaient tous deux du whiskey sans glace. Il m'en a tendu un. C'est bien ça le rôle du Bêta, me suis-je dit.

– Au bal de Yule ! ai-je dit.

– Au bal !

On a descendu nos verres et Josh a tourné les talons pour s'en aller, mais je l'ai rattrapé par l'épaule.

– Josh, ai-je commencé, dévoilant pour la première fois mon état de stress à mon Bêta. Pourquoi est-ce qu'il vient ? Pourquoi maintenant ?

Pendant une seconde, j'ai vu quelque chose d'imperceptible briller dans son regard, comme s'il savait quelque chose que j'ignorais. Mais il a cligné des yeux et m'a regardé avec le même sourire en coin qu'il arborait constamment.

– Aiden, relax. Même l'Alpha du Millénaire apprécie un bon open bar.

Il m'a tapé sur l'épaule et a passé la porte, s'arrêtant après quelques marches pour se retourner vers moi.

– Tu viens ou pas ?

Peut-être qu'il avait raison. Peut-être que je réfléchissais trop.

J'ai posé le verre vide, j'ai fermé la porte et j'ai suivi mon Bêta vers la salle de bal.

Sienna

Son doigt était toujours posé sous mon menton. J'avais l'impression que c'était le cas depuis des heures, peut-être toute ma vie. Il y avait quelque chose dans son contact qui pénétrait à l'intérieur de ma peau pour s'infiltrer dans tout mon être. Jusqu'à mon esprit.

– Calme-toi. Ne te fais pas de souci.

– Je ne m'en fais pas, ai-je dit en tentant de garder une voix neutre. Mais comment me connaissez-vous ?

– Nous ne nous sommes jamais rencontrées, a-t-elle dit en me fixant, ce qui me mit mal à l'aise pour une raison qui m'échappait. Mais je suis venue te prévenir. Une menace approche.

– Une menace ? Qu'est-ce que vous voulez dire ?

– Tiens-toi sur tes gardes. Il ne trouvera de repos que lorsque tu seras sienne.

– Qui ? ai-je soufflé, me sentant soudain prise de vertige.

J'ai senti mon visage se vider de ses couleurs, je la fixai en cherchant une réponse dans ses yeux. Mais je n'y parvins pas. Ses yeux étaient si violets, si infinis, qu'il m'aurait sûrement fallu une clé que je n'avais pas pour percer leurs secrets.

– Tu devrais savoir que tu as du pouvoir. Un pouvoir que la plupart des gens comme toi ne possèdent pas.

– Pourquoi… pourquoi êtes-vous là ?

– Je suis ici, a-t-elle commencé, chacun de ses mots pesant de toute sa force, pour l'Alpha.

Un frisson a parcouru mon corps, de mes orteils à mon crâne. *Aiden.*

– Mais pas votre Alpha, a-t-elle lâché simplement.

– Pourquoi… Je ne comprends pas, ai-je dit, confuse.

Mais la femme a détourné le regard, pour regarder quelque chose au loin.

J'ai tourné la tête pour déterminer ce qu'elle fixait, mais il n'y avait rien. Juste un trottoir vide.

– Quel est votre nom ? ai-je demandé en me tournant vers elle, avide de réponses.

Mais elle n'était plus là, j'étais debout là, toute seule.

Alors que j'allais partir, je me suis arrêtée pour entendre le souffle d'un nom dans l'air frais de la nuit…

– Ève.

***

Aiden

J'étais en train de saluer les gens de la ville qui s'étaient alignés pour me rencontrer en haut de la salle de bal, près de la table principale, quand j'ai entendu mon nom provenant d'une autre direction.

J'ai tourné la tête et j'ai vu un homme, l'air confiant, une silhouette athlétique, avec des cheveux de jais et un charisme naturel. Toute l'attention des gens présents dans la salle s'est dirigée vers lui. Quelque chose que j'avais l'habitude de provoquer, pas de voir.

–Alpha du Millénaire, ai-je dit en m'approchant la main tendue.

–Alpha de la côte Est, a-t-il répondu en la serrant.

Quelque part, au loin, un appareil photo s'est déclenché.

–Bienvenue, ai-je dit. Nous sommes heureux de vous avoir au bal de Yule, cette année.

Il a souri, exposant des dents qui n'auraient pas pu être aussi blanches naturellement.

–C'est un honneur de voir toute la beauté que recèle votre meute, a-t-il répondu.

–Allons vous chercher un verre, ai-je dit en souriant à la file de gens qui m'attendaient –je n'allais pas fournir d'explication supplémentaire, c'était l'Alpha du Millénaire après tout – et je l'ai guidé vers le bar.

Du coin de l'œil, j'ai vu Josh en pleine discussion avec sa nouvelle compagne Michelle. Il a dû sentir mon regard puisqu'il a tourné la tête vers moi avant de la détourner immédiatement. *Bizarre.*

J'ai reporté mon attention sur l'homme près de moi.

–Alors, dites-moi, qu'est-ce qui vous amène ici ?

–En dehors de la fête ?

–En dehors de la fête.

Il a soupiré. Puis il a regardé autour de lui dans la pièce et ses yeux se sont reposés sur moi.

– Je vais être honnête avec vous, Alpha. Je suis venu vérifier que cette meute avait un véritable leader.

– Et qu'est-ce que cela signifie, exactement ? j'ai demandé avant de me mordre la langue.

Mais l'Alpha du Millénaire s'est contenté de sourire, de me tapoter l'épaule et de réclamer l'attention du barman.

– D'abord un verre, ensuite les affaires, a-t-il dit.

Comme tout le monde, je n'avais d'autre choix que de me plier à ses ordres.

Sienna

Je décidai de revenir vers la salle de bal, mes pensées toujours focalisées sur la conversation que j'avais eue avec la femme aux yeux violets. Comment avait-elle su comment je m'appelais ? Qu'est-ce qu'elle pouvait bien vouloir à Aiden ? Et comment avait-elle simplement… disparu ?

Il fallait que je trouve Aiden, que je lui répète ce qu'elle avait dit. Qu'elle était là pour lui. Au plus profond de moi, je savais qu'elle était la menace que la meute avait repérée, celle qui les faisait paniquer. Était-elle venue ici pour faire le mal ?

J'ai regardé autour de moi, paniquée, essayant de trouver son visage parmi la foule de gens. Il portait sûrement un smoking, mais cela ne m'aidait pas dans mes recherches. C'était le cas de quatre-vingt-dix pour cent des hommes de cet endroit…

J'étais sur la pointe des pieds, essayant de voir le plus possible de la pièce quand j'ai aperçu Josh et Michelle en train de parler près du DJ. Je me suis dépêchée d'aller les retrouver, aussi vite que me le permettaient mes pieds emprisonnés dans des talons aiguilles.

– Hé, j'ai crié quand j'ai été assez proche pour qu'ils m'entendent.

– Sienna, m'a accueillie Michelle. Où est Aiden ?

– Je ne sais pas, j'ai besoin de le trouver. Josh, est-ce que tu l'as vu ?

Josh a vidé son verre.

– La dernière fois que je l'ai vu, il était avec l'Alpha du Millénaire.

– Où ? ai-je demandé, impatiente.

– Près du bar.

J'avais déjà tourné les talons quand Josh m'a rattrapée par le bras.

– Tu ne peux pas les interrompre. C'est l'Alpha du Millénaire dont on parle.

– Je sais, mais Aiden est en danger, Josh. Il faut que je l'avertisse.

– Quoi ?

– La femme que j'ai vue dehors…

Josh a levé un doigt et l'a bougé pour me faire signe d'attendre, puis il s'est tourné vers Michelle.

– On revient vite, ma chérie, OK ?

– OK, a-t-elle couiné, rendue apparemment guillerette par le gin tonic dans son verre.

C'était son cocktail de prédilection, après tout.

Ensuite, Josh m'a attirée près des vestiaires, loin des oreilles indiscrètes.

– Qu'est-ce que tu voulais dire ?

– J'ai vu cette femme. Dehors, avec des yeux violets. Elle est… hypnotisante. Je ne sais pas. Et elle a dit qu'elle était là pour Aiden.

– Tu en es certaine ?

J'ai hoché la tête vigoureusement.

– Elle m'a prévenue, Josh. Il faut que j'avertisse Aiden.

– Je vais m'en occuper. Je vais le prévenir, maintenant.

– Pourquoi est-ce que je ne peux pas le faire, moi ?

– Je suis son Bêta, Sienna. C'est un truc politique.

Un truc politique ? Quelle connerie ! Mais l'affaire était trop urgente pour qu'on se dispute, alors j'ai laissé tomber.

– Très bien, ai-je dit. Mais fais vite.

Il était sur le point de partir quand il s'est retourné vers moi. Il a ouvert la bouche, comme s'il s'apprêtait à dire quelque chose, mais ensuite il l'a fermée et a secoué la tête.

– Quoi ? ai-je demandé.

– Qu'est-ce que tu lui veux ?

– À qui ? À Aiden ?

Josh a hoché la tête.

– Qu'est-ce que tu veux dire ?

– Écoute, tu es jeune. Tu n'as pas beaucoup d'expérience…

– J'ai le même âge que Michelle, au cas où tu l'oublierais.

– Mais je suis bien placé pour savoir qu'elle a plus d'expérience que toi, a-t-il dit, l'air pompeux.

J'ai eu envie de lui en coller une.

– Je ne veux pas que tu en ressortes blessée.

– Pourquoi est-ce qu'Aiden me blesserait ? ai-je demandé, ignorant sciemment le faux air de grand frère rassurant que se donnait Josh.

Il a regardé la piste de danse bondée avant de reposer les yeux sur moi.

– Il est surveillé de près par la meute.

– OK…

– Tu sais, plus un Alpha passe de temps sans compagne, plus il perd de force. Beaucoup pensent qu'il n'est plus assez fort pour assurer le leadership.

– Josh, ce que tu dis n'a aucun sens.

– Tu es arrivée vraiment au bon moment, Sienna. C'est tout ce que j'ai à dire.

Mon estomac s'est tordu.

– Mais Aiden et moi ne nous sommes même pas accouplés.

– Alors vous ne faites que vous amuser ? Il ne t'a pas parlé de l'avenir, en aucune sorte ?

J'ai regardé le sol, me sentant au bord de la nausée. Je l'avais laissé entrer. Je lui avais révélé des choses que je n'avais jamais dites à personne. J'avais dormi à ses côtés, j'avais cuisiné pour lui… et s'il n'avait fait que se servir de moi ?

Et si tout n'était qu'un mensonge pour duper la meute ?

Aiden

J'étais en train de boire avec l'Alpha du Millénaire, et je dois dire que l'homme pouvait encaisser l'alcool.

C'est là que je l'ai vue.

Sienna.

À l'autre bout de la salle de bal, elle était radieuse. Mon pouls a aussitôt accéléré et j'ai senti en elle une assurance si magnétique qu'elle m'a fait presque traverser la pièce sans bouger un muscle.

De là où je me trouvais, je pouvais apprécier ses courbes, la façon dont ses cheveux tombaient en boucles légères. J'ai eu envie de passer ma main dans ses cheveux, sur son corps, partout.

Elle me consumait. Mais alors, j'ai remarqué qu'elle était en train de parler à Josh et que la conversation avait l'air sérieuse.

Je me demandais de quoi ils pouvaient bien parler quand je l'ai vue me jeter un regard. Même à des dizaines de mètres de distance, le pouvoir contenu dans un échange de regards avec elle était incroyable.

Mais c'était comme si elle ne l'avait pas senti ou s'en fichait puisque, sans un autre mot à Josh, elle s'est écartée de lui et s'est mise à courir pour sortir de la salle de bal.

ÉPISODE 28

LA QUESTION

Sienna

Je me suis échappée et j'ai couru aussi vite que mes talons me le permettaient. J'ai sprinté à travers l'entrée puis sur la pelouse, j'ai passé le parking de la Maison de la Meute et suis parvenue à la route.

Je ne pouvais pas y croire. Il s'était servi de moi pendant tout ce temps. Alors que de mon côté, j'essayais de le prévenir d'un danger imminent, lui se servait de moi comme d'une marionnette.

C'est pour cela qu'il m'avait fait emménager chez lui, pour cela qu'il m'avait conviée à la foire. Tout ceci n'était qu'une opération de communication géante.

Je n'étais qu'une adolescente débile qui était tombée dans le panneau.

L'air frais me fouettait le visage, mais ça ne m'aidait pas. Ma douleur et ma colère ne faisaient que grossir.

J'ai regardé autour de moi, repérant l'orée de la forêt à quelques mètres à ma droite. J'ai couru dans cette direction avant de marquer une pause pour dézipper avec précaution la robe de Selena. Si je l'abîmais, je ne pourrais pas me le pardonner.

J'avais pourtant besoin d'être libre, sans rien pour me rappeler mon humanité.

Je ne pouvais plus lutter contre mes émotions, plus maintenant. J'avais besoin de les laisser s'exprimer.

J'ai retiré la robe et l'ai accrochée sur la première branche propre que j'ai pu trouver, aussi haut que possible pour que la traîne ne trempe pas sur le sol boueux.

Puis j'ai ôté mes chaussures et laissé la rage me consumer.

Je sentais mon corps se transformer tandis que je courais. Je frôlais des arbres et des souches, des feuilles et de la boue, mes membres s'étiraient et mes muscles se tendaient jusqu'à ne plus être sur deux pieds mais à quatre pattes.

J'ai senti ma queue s'agiter derrière moi et j'ai remarqué comme le vent fouettait l'épaisse fourrure rousse qui me couvrait maintenant entièrement.

La demoiselle en tenue de soirée n'était plus. Non, je n'étais plus une jeune fille aux abois.

J'étais une louve.

Une louve dominante.

Et la forêt allait bientôt pouvoir être témoin de toute ma fureur.

Aiden

J'étais toujours au bar. En compagnie de l'Alpha du Millénaire. J'avais vu Sienna partir sept minutes plus tôt et je savais que quelque chose clochait. Mais il continuait à parler et à commander d'autres verres.

Je ne pouvais pas le laisser seul, je le savais, pourtant il le fallait…

– M'excuseriez-vous pendant quelques instants ? Mon Bêta… est juste ici, j'aimerais vous le présenter. Il est un excellent partenaire de boisson, ai-je dit en faisant un signe vers le mur où Josh était en train de se mêler à la foule.

– Inutile, dit l'Alpha du Millénaire en m'empêchant d'aller à la rencontre de Josh. Je vais vous accompagner.

– J'allais prendre l'air quelques minutes.

– C'est un programme qui me va.

Il ne me quittait pas d'un centimètre.

– Fantastique, ai-je dit en le guidant à travers la salle de bal vers la sortie.

Une fois dehors, j'ai regardé autour de moi, mais n'ai vu personne. J'ai tenté de fermer les yeux pour ressentir sa présence, mais sans succès.

Réfléchis.

Elle avait l'air vraiment bouleversée. Elle n'aurait jamais quitté le bal sans une très bonne raison. Et si elle était vraiment mal, furieuse, elle se serait transformée. Dans la forêt.

– Que diriez-vous d'une balade en forêt ? Elle est absolument magnifique à ce moment de l'année.

– Bien sûr, pourquoi pas ? a-t-il dit en haussant les épaules.

Alors j'ai tourné à droite et nous avons marché jusqu'à l'orée du bois avant de nous y enfoncer, enveloppés par l'odeur des chênes et de la boue.

– Vous êtes ici pour moi, pas vrai, ai-je demandé.

– Pardon ?

– Votre présence inexpliquée au bal de Yule… Pardon d'être aussi direct, cher Alpha du Millénaire, nous sommes très honorés de vous avoir parmi nous, mais nous ignorons tout des motivations de votre visite. Et vous ne m'avez pas quitté d'une semelle depuis votre arrivée. Vous êtes ici pour me jauger… ou trouver quelque chose à me reprocher. N'est-ce pas ?

Il s'est arrêté de marcher et m'a regardé dans les yeux. Je pouvais sentir son pouvoir à travers son regard et je savais que j'étais peut-être allé trop loin. Mais après quelques instants, il a cligné des yeux et a repris la parole.

– Oui, c'est ça.

J'ai soupiré.

Mais le soulagement que j'ai ressenti d'avoir eu raison n'a pas tenu longtemps. Il a bientôt été remplacé par davantage de questions.

– Qui vous a envoyé ?

– Personne. Mais j'ai entendu dire des choses. Notamment sur l'éventualité que votre pouvoir s'affaiblisse.

J'ai laissé échapper un grognement avant de parvenir à me reprendre.

Quelqu'un dans ma meute me cassait du sucre sur le dos, remettant en question ma force, et ce directement auprès du putain d'*Alpha du Millénaire* !

– Qui a parlé ? ai-je bouillonné.

– Ce n'est pas important. Ce qui est important, c'est que je sois là. Pour vous jauger, pour voir s'il y a réellement un problème.

Il a marqué une pause, regardant les arbres avant de me tourner le dos.

– Êtes-vous en train de chercher ?

– Chercher ?

– Votre compagne.

Alors, c'était donc ça… Ma force remise en question, les rumeurs sur ma domination parce que je n'avais toujours pas trouvé quelqu'un.

Mais si.

– Pas besoin. Je l'ai déjà trouvée.

– Vraiment ? a demandé l'Alpha du Millénaire, peu convaincu. Je n'en ai pas l'impression.

Maintenant mes yeux étaient rivés au sol.

– Elle ne le sait pas encore. Nous sommes un couple pour la saison, mais je préfère y aller lentement. Pour son bien.

J'aurais juré que son expression s'était adoucie.

– C'est pour cela que vous n'avez pas consommé… j'imagine ! Votre frustration, votre hostilité. C'est ce qui interfère avec votre domination.

– Ce soir aurait dû être le bon soir, ai-je dit sans y réfléchir. Mais elle est partie précipitamment du bal. Quelque chose a dû arriver…

Et juste à ce moment-là, je l'ai sentie. Aussi claire que du cristal, j'étais certain que ces arômes provenaient d'elle. Qu'elle était toute proche.

– Elle est ici. Elle est partie dans la forêt. Je dois… je dois la trouver. Je dois lui dire.

Il s'est contenté de hocher la tête, rien de plus, rien de moins.

– Merci, Alpha du Millénaire.

– Aiden, mon prénom est Raphael. Je vous retrouve à l'intérieur.

Puis il a tourné les talons et a commencé à marcher en sens inverse. Sans perdre une seule seconde, j'ai enlevé tous mes vêtements et me suis transformé.

J'ai laissé un hurlement échapper pour la prévenir que j'étais tout près. Mais elle n'a pas répondu. Donc, j'ai commencé ma course.

Après quelques mètres, j'ai commencé à distinguer le roux de son pelage. Elle était à cinq cents mètres devant moi, alors j'ai pris de la vitesse. J'ai hurlé encore pour lui faire savoir que j'étais là, mais elle a accéléré.

En quelques secondes, je me suis retrouvé à ses trousses, mais elle ne s'arrêtait toujours pas. J'avais beau hurler, elle ne ralentissait pas et ne s'arrêtait pas. Je n'avais plus le choix, alors j'ai plongé et je me suis jeté sur elle.

Nous nous sommes roulés par terre pendant un moment, ses membres essayant de me combattre, mais quand nous nous sommes arrêtés, j'avais réussi à la bloquer sous moi.

J'ai grogné. *Transforme-toi.* Elle a secoué la tête. *Non.*

J'ai grogné plus fort. *Transforme-toi.* Mais elle s'est contentée de secouer la tête encore plus vite.

J'ai resserré ma prise et j'ai grogné directement contre son visage. Ses grands yeux bleus formaient un cercle parfait.

Puis elle a commencé sa transformation. J'ai regardé sa fourrure disparaître, ses membres se condenser et ses muscles se mouvoir jusqu'à ce qu'elle récupère figure humaine.

Elle était sous moi, nue, son dos dans la boue de la forêt. Je me suis transformé également, la tenant dans mes bras désormais sous sa forme humaine.

C'est là que j'ai vu ses larmes.

– Tu m'as menti. Tu m'utilisais pour… pour convaincre l'Alpha du Millénaire que tu es fort…

– Quoi ? Qu'est-ce que tu racontes ?

– Josh m'a dit… il m'a dit que tu savais que nous n'étions pas des compagnons.

– Josh a dit quoi ?

– Il a dit que tu n'étais pas mon compagnon, que tu faisais juste semblant.

J'ai attrapé son visage entre mes mains, la forçant à me regarder en face.

– Je t'ai menti. Je l'admets. Tout ce temps, je t'ai menti.

Ses sanglots ont redoublé et son visage est devenu tout rouge.

J'ai continué, la voix éraillée.

– Parce que j'ai su que tu étais ma compagne dès l'instant où j'ai posé les yeux sur toi, Sienna Mercer. J'ai su quand je t'ai vue dessiner près de la rivière. Et j'ai continué de le savoir à chaque seconde depuis lors.

Le rouge de ses joues s'est mué en rose et j'ai vu qu'elle réalisait ce qui était en train de se passer.

– Si tu me mens, Aiden, je te le jure devant Dieu, je te tuerai.

Je me suis mis à rire. Je n'ai pas pu m'en empêcher.

– Je sais. C'est pour ça que je t'aime.

Sienna

– Je t'aime aussi, ai-je répondu, et ça sonnait juste.

Comme s'il s'agissait d'une notion familière, une phrase qui avait sa place dans ma bouche.

À ce moment précis, j'ai su que cet homme n'était pas juste mon partenaire pour la saison ou un Alpha sexuellement frustré.

Non, Aiden Norwood était mon compagnon.

Je pouvais sentir la véracité de ces mots de tout mon cœur. Cela m'a fait exploser de joie et de… besoin pour lui.

Il s'est penché pour me donner un baiser et j'ai senti le goût de mes larmes sur sa bouche. Mais alors, quelque chose a changé. Nous n'étions pas en train de nous embrasser de manière douce et tendre. C'était d'une façon urgente et dangereuse qui signifiait *je te veux maintenant*, et c'était *sexy*.

Même si une canopée de feuilles nous recouvrait, j'ai ressenti un élan d'excitation de nous sentir si exposés.

J'ai repoussé toute ma timidité profondément en moi.

Normalement, j'aurais dû me sentir tiraillée par une telle décision. J'aurais dû vouloir que tout soit parfait pour ma première fois.

Mais à ce moment-là, tout ce à quoi je pouvais penser, c'était la façon dont je voulais qu'Aiden ravage mon corps.

Il me voulait et je le voulais. Chaque centimètre de ma peau frissonnait sous ses doigts. Je l'ai senti durcir et durcir alors que je me hissais sur lui, nos corps nus bougeant dans la poussière et au milieu des racines du sol de la forêt.

C'était si naturel, si sauvage. Spécialement maintenant que je savais que nous étions compagnons. Mon corps, mon esprit, mon cœur, toutes les parties de moi avaient faim de lui.

Il a commencé à me caresser, ses mains se sont posées sur mes fesses, contrôlant le rythme auquel je bougeais sur lui. Les autres fois où nous étions allés plus loin que de simples caresses, cela avait été plus lent, plus attentionné.

Mais j'avais besoin d'être satisfaite maintenant. Je n'avais pas le temps d'attendre.

Oh, mon Dieu.

Est-ce que je m'apprête vraiment à le faire ?

Alors que les yeux vert doré d'Aiden s'enfonçaient très loin dans mon âme, il m'a posé la même question qui me tiraillait.

– Sienna, es-tu prête ?

ÉPISODE 29

LA PROMESSE

Sienna

La réponse à sa question me brûlait les lèvres.

Ma tête était pleine de désir et de passion. C'était une combinaison mortelle et j'étais prise dans son tourbillon.

J'étais certaine au fond de moi de ce que je voulais ou, plutôt, de ce dont j'avais besoin.

Pourtant, aucun mot ne réussit à franchir mes lèvres.

À la place, j'ai attrapé les cheveux noirs soyeux d'Aiden et je les ai tirés fort pour plaquer sa tête contre la mienne.

Je l'ai embrassé. Pas seulement avec passion mais avec un désir insatiable.

Je voulais que nous ne fassions plus qu'un, que l'on s'offre pleinement l'un à l'autre. Aiden a levé mes jambes et je l'ai senti se frotter contre mon sexe. La façon dont cela me tourmentait était presque intolérable.

Alors que mon sexe s'ouvrait lentement, j'ai gémi d'extase.

– Aiden, attends, j'ai murmuré en enfonçant mes ongles dans son dos.

– Est-ce que tu veux que j'arrête ? a-t-il demandé en caressant mes cheveux et en me couvant d'un regard empli d'affection.

– Je... oui... je veux dire... je ne sais pas... j'ai balbutié, en plein conflit.

Bien sûr, je n'avais aucune envie qu'il s'arrête, mais en même temps...

– Ici, maintenant... ce n'est juste pas...

Alors que je cherchais les bons mots, Aiden les a trouvés pour moi.

– Parfait, a-t-il dit calmement. Tu as raison. C'est ta première fois. Je veux qu'elle soit aussi spéciale que tu l'es.

Le corps d'Aiden s'est retiré et cela a fait sombrer mon cœur même si je savais que c'était la bonne décision.

– Est-ce que tu me détestes de vouloir attendre ? ai-je demandé.

– Bien sûr que non, a-t-il répondu. Tu m'as déjà fait attendre tout ce temps, quel genre d'Alpha serais-je si je ne pouvais pas tenir un peu plus ? Et puis... tu vaux l'attente.

J'ai embrassé ses lèvres tendrement, goûtant sa salive alors que nos langues roulaient l'une contre l'autre.

J'ai reculé la tête et j'ai souri.

– Après notre cérémonie de mariage, je te promets... je serai toute à toi.

– Et je peux te promettre que c'est une nuit dont tu te souviendras toute ta vie, a-t-il dit dans un doux grognement.

Aiden m'a tenue dans ses bras, nous étions étendus sur le sol de la forêt. J'ai fermé les yeux et j'ai écouté le son de sa respiration.

J'ai pensé à ce que l'avenir nous réservait, à Aiden et moi, et pour une fois, je n'ai pas eu peur.

En fait, je ne m'étais jamais sentie aussi en sécurité de toute ma vie.

Sur ces pensées réconfortantes, je me suis laissée happer par le sommeil.

Deux semaines plus tard

– Putain de merde, a dit Aiden, ses yeux pétillants plongés droit dans les miens.

Il était de l'autre côté de la pièce et venait de s'arrêter brusquement de marcher.

– Putain de merde, ai-je répété.

Il était si élégant. Vêtu d'un smoking bleu marine, il était rasé de près, c'était la première fois que je le voyais ainsi. Ses pommettes étaient aussi fortes que sa mâchoire, et tout cela était à moi. Rien qu'à moi, pour l'éternité.

C'était le jour de notre union. Nous n'avons pas les mêmes rituels de mariage que les humains. Rien ne nous interdit de nous voir avant la cérémonie, c'est pourquoi Aiden était dans la même pièce que moi pendant que je me préparais.

Il avançait maintenant vers moi, les yeux affamés. Je l'ai rejoint au milieu de la pièce et nous nous sommes pris dans les bras avec une telle intensité que j'ai pensé qu'il pourrait m'arracher les lèvres.

Pas si je le mords en premier, ai-je pensé.

– Tu es spectaculaire, a-t-il murmuré à mon oreille.

Je l'ai cru sur parole. J'arborais une autre robe originale de Selena, spécialement conçue pour les cérémonies d'union, elle y avait travaillé bien plus d'heures que prévu, spécialement pour moi.

Elle était composée d'un corset sans manches et d'une jupe qui suivait tous mes mouvements. La longue traîne me faisait ressembler à une déesse.

C'était encore plus magnifique que la tenue que j'avais portée au bal de Yule, ce qui me semblait tout à fait impossible.

– Tu n'es pas mal non plus, ai-je dit en m'écartant. Mais tu dois y aller, maintenant. C'est bientôt l'heure.

– Oui, Madame, a-t-il dit avant de se diriger vers la porte, non sans m'avoir jeté un dernier coup d'œil et laissé échapper un doux sifflement.

Je n'ai pas pu m'empêcher de sourire, même si j'ai levé les yeux au ciel, par réflexe.

Il est sorti et j'ai respiré profondément pour me préparer à la suite. Une salle de bal pleine de mes amis et de ma famille et des chanceux membres de la meute qui avaient été conviés à la cérémonie d'union de l'Alpha.

Cela ferait beaucoup de regards posés sur nous.

J'ai pris une autre profonde respiration, puis j'ai observé mes pieds –je portais des talons aiguilles couleur coquille d'œuf– avant d'avancer d'un pas prudent hors de la pièce.

–Waouh, j'ai entendu en face de moi.

J'ai levé la tête pour découvrir mon père, la main posée sur la bouche.

–Tu es magnifique, ma chérie, a-t-il dit.

Le voir si ému m'a rempli d'émotion.

Même s'il n'était pas mon père biologique, ni même un loup-garou, il était le plus important des hommes de ma vie, à égalité avec Aiden.

Je n'avais toujours pas prévenu mes parents des paroles de la femme aux yeux violets. Je n'étais pas certaine de leur réaction, mais peut-être étaient-ils déjà au courant?

Mais je savais comment ils m'avaient trouvée. Abandonnée dans une rue déserte. Comment auraient-ils pu savoir que je descendais d'Alphas?

De toutes les manières, le jour de mon union n'était pas le moment idéal pour mentionner tout cela. Ou même pour y penser. Alors je me suis précipitée vers mon père pour le serrer dans mes bras le plus fort possible.

J'ai senti que les émotions allaient prendre le dessus, mais je me suis forcée à ravaler mes larmes. Si je ruinais le maquillage que Michelle avait passé une heure à appliquer, elle me tuerait sûrement.

Mon père a attrapé ma main et m'a regardée dans les yeux.

–Es-tu prête?

Je n'ai pas pu retenir un énorme sourire en hochant la tête.

–Et toi?

–Bien sûr, ma chérie.

Il a ouvert les portes de la salle de bal, les mêmes par lesquelles je m'étais sauvée en courant, deux semaines auparavant.

J'ai eu le souffle coupé. La salle avait été décorée à la perfection. Il y avait un long tapis blanc, que je m'apprêtais à traverser, et une plateforme surélevée à l'endroit où se tenait d'habitude la table d'honneur.

Les arbres qui encadraient la pièce étaient couverts de lumières blanches et de rubans de la même couleur et chaque table était ornée d'une composition florale.

Nous avions voulu recréer l'intérieur de la forêt, pour en faire notre propre monde enchanté. Papa a passé son bras sous le mien et, alors que la musique commençait à retentir, nous nous sommes avancés. J'ai souri à tous les visages familiers installés sur les bancs qui avaient été disposés là.

Je suis passée devant Mia et Harry qui venaient tout juste de s'unir la semaine passée et Erica et Rhys qui se tenaient à côté.

Alors que nous approchions du but, j'ai vu maman, Selena et Jeremy, et assis à côté d'eux, Michelle et Josh.

Le reste des bancs étaient occupés par des membres de l'élite de la meute, quant au reste de la pièce, on l'aurait crue pleine de la moitié de la ville. Apparemment, le mariage de l'Alpha était l'événement à ne pas manquer.

J'ai atteint la plateforme et papa a embrassé ma joue avant de serrer la main d'Aiden. Puis celui-ci m'a aidée à monter sur le promontoire.

–J'ai envie de te dévorer, a-t-il dit à mon oreille pour que moi seule puisse l'entendre.

Du rouge a aussitôt envahi mes joues.

–Nous sommes réunis aujourd'hui pour célébrer l'union de l'Alpha de la meute de la côte Est, Aiden Norwood et de Sienna Mercer, a commencé l'Alpha du Millénaire.

Oh oui, est-ce que j'ai oublié de préciser que c'était *l'Alpha du Millénaire* en personne qui officiait ?

***

J'ai été attaquée par des roses, oui des roses, volant dans les airs et atterrissant sur nos visages à Aiden et à moi. C'était typique des cérémonies d'union, notamment celles qui comptaient autant d'invités. Le rituel était d'ensevelir le couple sous les roses avant qu'ils n'échangent leur premier baiser en tant que compagnons.

– OK, OK, est intervenu l'Alpha du Millénaire, les mains en l'air, en riant pour calmer l'assistance. C'est l'heure.

La pièce s'est plongée dans le silence et les roses ont cessé de pleuvoir.

– Compagnon Aiden Norwood, Alpha, vous pouvez embrasser votre Sienna.

Ses grandes mains se sont emparées de mon cou et il a baissé la tête. Ses douces lèvres ont été sur les miennes en un instant et j'ai pensé que les papillons qui voletaient à l'intérieur de mon ventre allaient exploser.

Tous les gens dans les travées, tous les êtres que j'aimais, qui comptaient pour moi, tous se sont évanouis. Ils n'importaient plus. Plus à ce moment précis.

Quand nous avons arrêté de nous embrasser, Aiden a attrapé ma main et m'a attirée sur le tapis blanc. Nous avons entendu ce qui paraissait être des applaudissements et des cris de joie de toutes parts. Ils n'ont pas faibli jusqu'à ce que nous parvenions à la piste de danse.

Le DJ a remplacé la musique par la chanson qu'Aiden et moi avions choisie pour notre première danse. Quand les premières notes ont retenti, Aiden m'a fait tourner. Il excellait peut-être dans beaucoup de choses, mais danser n'en faisait pas partie.

Je riais tant et tant que j'ai pensé m'évanouir. C'est là que la chanson s'est terminée et que Michelle et Josh sont apparus derrière Aiden.

– Hé, me suis-je exclamée.

Aiden m'a lâchée et Michelle m'a embrassée sur les deux joues.

– Je n'en peux plus, Si, c'était tout simplement magique. Félicitations ! a-t-elle couiné.

– Merci ! ai-je couiné à mon tour.

Je me fichais de ce dont nous avions l'air. C'était le jour de mon union et je pouvais couiner si j'en avais envie.

Je m'apprêtais à demander à Aiden et Josh si cela les dérangeait que Michelle et moi dansions ensemble, juste entre filles, sur une nouvelle chanson, mais j'ai vu qu'ils étaient déjà allés vers le bar. *Classique.*

Aiden

Josh m'a demandé si je voulais boire un verre, et je n'allais certainement pas refuser un toast au whiskey le jour de mon union. Même si je devais le partager avec celui qui me servait de Bêta, qui s'était empressé de me trahir chaque fois qu'il avait pu.

Je ne l'avais pas encore confronté. Même après ce que Sienna m'avait confié dans la forêt et mon intuition qu'il était à l'origine de la fuite à propos de ma force qui s'amenuiserait auprès de l'Alpha du Millénaire.

J'étais certain qu'il était derrière tout ça. J'ignorais ce qu'il cherchait. Est-ce qu'il désirait devenir Alpha ? La jalousie le rendait donc fou au point de le pousser à trahir les siens ?

– À toi et Sienna, a-t-il dit, levant haut son verre.

– Merci, Josh, ai-je répondu avec un sourire forcé.

– Allez, réjouis-toi, tu as une compagne ! s'est-il exclamé.

– Je suis aussi heureux que possible, ai-je répliqué en avalant le shot et en en appréciant la brûlure.

C'était bizarre de le fréquenter, sachant ce que je savais. J'aurais dû m'en préoccuper plus tôt, je le savais. Je n'avais juste pas pu m'y résoudre.

Depuis le bal de Yule, j'avais été au septième ciel avec Sienna. Je voulais que rien ne vienne assombrir cette situation, ni le travail ni ma vie personnelle. Je voulais seulement profiter des vagues de bonheur qui affluaient vers nous.

– Allez, un autre ! a crié Josh, de façon un peu forcée.

Il tenait deux autres shots de whiskey et en a fait glisser un vers moi.

– En as-tu vraiment besoin ? ai-je demandé, le regard dirigé vers la flasque qu'il portait à la hanche.

Il a plissé des yeux.

– Qu'est-ce que c'est censé vouloir dire ?

– Tu devrais agir comme quelqu'un de ton âge, Josh, ai-je dit en tournant les talons pour rejoindre Sienna.

Mais il a posé les verres et m'a attrapé le bras, me ramenant vers lui.

– C'est parce que tu as eu ta petite cérémonie et moi pas encore, c'est ça ? Je suis aussi adulte que toi, je te ferais dire.

– Tu es bourré, et la fête ne fait que commencer.

– Je célèbre.

– Tu célèbres quoi ? Les poignards que tu m'as enfoncés dans le dos ? Ta trahison ?

Je n'avais pas pu m'en empêcher, les mots étaient sortis.

Il est devenu tout pâle.

– De quoi… de quoi est-ce que tu parles ?

– Je sais ce que tu as dit à Sienna. Que je ne faisais que l'utiliser.

– Je n'ai vraiment pas dit ces… merdes… pour te faire du mal. Je sais que ce n'était pas bien de ma part. Maintenant, je vois que j'ai été trop loin. Tu es mon putain d'Alpha, a-t-il ajouté, et j'ai vu ses yeux se teinter de rouge.

– Alors pourquoi l'as-tu fait, Josh ?

Il regardait ses pieds. Au bout d'un moment, il a levé les yeux vers les miens.

– Je ne sais pas. Je veux vraiment que tu réussisses. Que la meute réussisse. Mais quelque chose en moi… voulait juste… récupérer la gloire de quelque chose que tu n'avais pas. Pour la première fois de ma vie, pour la première fois depuis que je te connais, Aiden, j'avais quelque chose que tu n'avais pas.

– Une compagne, ai-je dit, comprenant soudain.

Josh s'était toujours senti dans mon ombre et peut-être que ça me plaisait un peu de l'y garder, même si j'étais son Alpha.

– Je voulais juste savoir ce que ça ferait. D'être celui qui est respecté, celui vers qui tout le monde se tourne pour obtenir des réponses.

J'ai soufflé. Enfin ! Mon Bêta admettait ses fautes.

Il a continué.

– S'il te plaît, comprends que quand je me suis mêlé de tes affaires, je savais que j'avais tort. Je n'ai pas aimé ça. Ça ne m'a pas réjoui du tout. Et je comprends que ce n'est pas le moment de parler affaires et que tu vas devoir prendre une décision me concernant en la fondant sur ce qui est le mieux pour la meute, mais je suis vraiment désolé. J'aurais dû agir différemment. Tu méritais mieux.

Au bout d'un moment, il a hoché la tête, tourné les talons et s'est dirigé vers le couloir.

Je l'ai laissé marcher un peu avant de l'appeler.

– Josh.

Il s'est retourné et a fait quelques pas vers moi.

– Tu sais que tu as merdé, ai-je dit, laissant un grognement sourd m'échapper.

– Oui, mon Alpha.

– Tu me jures sur ta vie, sur la vie de la meute, que tu ne nous trahiras plus jamais, moi ou la meute.

– Oui, mon Alpha, a-t-il dit.

J'ai compris qu'il était honnête.

J'ai tendu la main et il l'a prise, mais je l'ai attiré pour le prendre dans mes bras.

Il fallait un véritable Alpha pour montrer autant de mansuétude. Je ne pouvais pas rester en colère contre Josh, il était comme mon frère depuis que j'avais perdu Aaron.

– Je t'aime, mec, même si tu me fais vraiment chier parfois, ai-je dit.

– Je t'aime aussi, frère, et ce n'est pas juste le whiskey qui parle, a-t-il répliqué.

Au moment où nous nous séparions, Josh m'a envoyé une bourrade dans l'épaule, pour essayer d'égayer l'atmosphère.

– Garde quelques émotions pour Sienna, c'est quand même votre putain de cérémonie d'union.

J'ai regardé Sienna danser avec Michelle, tout sourire, en tourbillonnant, plus heureuse que je ne l'avais jamais vue.

Elle irradiait. La plus belle créature sur laquelle j'avais pu poser mes yeux.

Et elle était enfin toute à moi.

Sienna

Je ne pouvais pas m'arrêter de rire, Michelle me faisait pencher très bas sur la piste de danse puis me faisait tourbillonner et m'attirait à elle pour qu'on se retrouve poitrine contre poitrine.

– Pourquoi est-ce que c'est moi qui mène ? a-t-elle demandé, levant un sourcil. Ce n'est pas toi la *dominante* ?

– Parfois cela fait du bien de laisser quelqu'un d'autre prendre le contrôle, ai-je répondu.

Alors que Michelle me relâchait, j'ai fait quelques pas de côté, prise de vertige, mais j'ai été aussitôt stabilisée par de puissantes mains.

Le parfum de musc boisé et de citron d'Aiden m'a frappée, il se tenait derrière moi.

– On se retrouve plus tard, a dit Michelle avec un clin d'œil. Je vais m'assurer que Josh n'est pas trop ivre.

Maintenant qu'il m'avait rien que pour lui, Aiden a raffermi sa poigne, et j'ai senti la bosse qui s'était formée à travers son pantalon.

– Allons-nous en d'ici, a-t-il dit dans un grognement sourd.

– Qu'est-ce que tu as en tête ? ai-je demandé, essoufflée, sentant aussi mon sexe se réveiller.

Son odeur m'intoxiquait et je perdais la tête.

Les grandes mains d'Aiden se sont posées sur mes hanches. Il s'est penché pour que ses lèvres effleurent mon oreille.

– Te souviens-tu de la promesse que tu m'as faite pour la nuit de notre cérémonie d'union ? a-t-il murmuré sans rien perdre de son ton dominant.

– Oui, ai-je répondu, la gorge sèche.

Mon cœur n'en pouvait plus et une sensation encore plus puissante que la Frénésie s'est emparée de mon corps. Mon sexe était mouillé par tant d'attente.

–Tant mieux, a-t-il grogné, presque affamé. Parce que tu vas hurler pour demander pitié aux cieux quand j'en aurai fini avec toi.

ÉPISODE 30

LA NUIT DE…

Sienna

Aiden m'a portée telle une nouvelle mariée dans ses bras pour parcourir l'allée pavée menant à notre maison. Mon cœur n'avait pas cessé de battre la chamade depuis que nous avions quitté la réception, et j'ignorais s'il se calmerait un jour.

Tous mes doutes affluaient, léchant de toutes parts les parois de mon esprit.

Et si je n'étais pas bonne au lit?

Et si je n'étais pas à la hauteur de ses fantasmes?

Et si je n'arrivais pas à satisfaire l'Alpha?

Aiden s'est arrêté devant la porte, comme s'il sentait mes peurs. Et peut-être était-ce le cas? Les compagnons étaient connectés d'une manière si intense que c'en était presque indescriptible.

– Qu'est-ce qui se passe? a-t-il demandé sur un ton doux qui lui était inhabituel.

– Je… je ne veux juste pas te décevoir, ai-je murmuré.

En cet instant, je ne m'étais jamais ressentie aussi peu dominante.

À ma grande surprise, Aiden s'est mis à rire.

– Oh, Sienna, tu n'as pas idée…

– Pas idée de quoi ? ai-je demandé, un peu agacée par son rire.

– Pas idée du pouvoir que tu as sur moi.

J'ai rougi et un murmure d'étonnement a franchi mes lèvres.

Il a continué en me regardant dans les yeux.

– Oui, je t'ai marquée, et oui, je t'ai fait mienne, mais…

Aiden a pris une respiration profonde en posant son front contre le mien.

– Tu m'as fait tien aussi. Ne te méprends pas, je ne suis pas seulement ton Alpha. Je suis ton compagnon. Et rien ne changera jamais ça. Ton amour m'a rendu plus fort que tout mon sang d'Alpha le pourra jamais.

La chaleur dans mes joues s'est dispersée dans le reste de mon corps comme un feu de broussailles et, juste comme ça, j'ai retrouvé ma dominance.

J'aimais Aiden plus que les mots pouvaient le signifier. Alors ce n'est pas eux que j'utiliserais.

J'ai attrapé les cheveux à l'arrière de son crâne et, avec fièvre, j'ai pressé mes lèvres contre les siennes. Je voulais que le feu me possède. Qu'il consume tout sur son passage jusqu'à ce que le monde se change en poussière et que nous soyons les deux seules personnes qui restent.

La veste de costume d'Aiden semblait sur le point d'exploser tant ses muscles étaient tendus.

Il semblait quasiment en transe quand il a fait un pas vers la porte et a levé la jambe.

Crac !

Aiden a fait sortir la porte d'entrée de ses gonds, envoyant des échardes de bois sur le sol en marbre.

Il a fait un pas de plus sur les débris.

Eh bien, c'est certainement une façon comme une autre de faire passer le seuil à sa compagne…

Quand il est entré dans notre chambre, Aiden m'a posée puis m'a poussée contre le mur. Nous avons repris nos baisers enflammés pendant que je commençais à le dévêtir de son smoking, pièce par pièce.

Une fois son torse dégagé, j'ai fait courir mes doigts sur les creux rigides de ses abdos jusqu'à atteindre la boucle de sa ceinture.

Les doigts d'Aiden étaient, eux, occupés à courir partout sur mon corset pour tenter de le délacer. Cela le frustrait au plus haut point et je n'ai pu m'empêcher de m'en réjouir.

Une fois défaite, finalement, ma robe est tombée par terre. J'ai fait glisser sa ceinture à travers les passants dans un geste rapide et, quelques secondes plus tard, son pantalon a suivi, Aiden l'a enlevé et jeté à l'autre bout de la pièce.

Nous sommes restés un petit moment à nous jauger, nous, désormais compagnons. Mais nous n'avions pas de temps à perdre. Nous avions déjà trop attendu.

Aiden m'a soulevée comme si j'étais plus légère qu'une plume et j'ai entouré sa taille de mes jambes. Nous sommes tombés sur le lit, les membres sens dessus dessous. Il y avait des mains et des bouches partout, et nous deux essayant de tenir et de mordre tout ce que nous pouvions.

Les ongles d'Aiden creusaient légèrement ma chair nue, j'aurais eu envie qu'il les enfonce plus loin.

J'ai serré fort son cou, l'ai embrassé avant de m'occuper de son torse.

J'ai laissé mes dents écorcher son ventre et quand je suis arrivée à sa bite rigide, je l'ai aussitôt prise dans ma bouche.

J'ai commencé par des mouvements lents, pour le rendre fou, et j'ai augmenté le rythme jusqu'à ce qu'il n'en puisse plus. Il était si gros que je pouvais à peine le contenir, mais je l'ai forcé plus loin dans ma gorge.

Quand je suis remontée pour prendre de l'air, ma salive recouvrait son membre épais, comme une toile d'araignée translucide. Aiden a essuyé ma bouche avec son pouce puis a attrapé mon cou pour m'attirer à nouveau vers le bas.

Ses grognements satisfaits m'indiquaient clairement qu'il ressentait un bonheur pur. Mais ce n'était pas assez. Je voulais l'emmener au putain de nirvana.

J'ai savouré son goût salé et doux alors que ma langue le parcourait, puis j'ai à nouveau pris l'ensemble dans ma bouche jusqu'à en atteindre la base.

Mes lèvres se sont serrées autour de son sexe, je les ai fait glisser sur toute sa longueur.

Quand j'ai voulu reprendre mon souffle une deuxième fois, Aiden m'a renversée sur le dos et a écarté mes jambes si vite que j'ai inspiré brutalement. Il a utilisé ses doigts pour ouvrir mon sexe, puis il y a inséré sa langue, la bougeant avec talent pour atteindre toutes mes parties les plus sensibles.

J'ai gémi et mon corps a convulsé en rythme. C'est comme s'il utilisait sa langue pour composer une symphonie dans ma chatte. Mes cris de plaisir en étaient le refrain.

Sa langue continuait son travail et ses doigts glissaient à l'intérieur de moi, testant ma flexibilité, me préparant pour sa virilité massive.

Alors que ses doigts m'exploraient, j'ai ressenti une pointe de douleur mêlée au plaisir. Je ne pouvais qu'imaginer ce qui allait m'arriver dans quelques instants…

Un frisson a parcouru ma colonne vertébrale à la simple pensée d'Aiden me pénétrant finalement. J'étais effrayée et excitée à la fois. Comme la bite d'Aiden se frottait avec force contre l'entrée de mon sexe, ses baisers formaient un contraste éblouissant à sa vigueur.

– Es-tu… prête ? a-t-il demandé en enlevant mes cheveux de mes yeux pour s'y plonger profondément.

C'était la même question qu'il m'avait déjà posée, mais cette fois j'avais ma réponse sans l'ombre d'un doute.

– Oui, j'ai murmuré alors que mes bras encadraient son cou.

Mon souffle s'est coupé quand Aiden m'a enfin pénétrée.

Au début, la tension était presque trop difficile à supporter, comme si on était en train de m'écarteler, mais doucement, la douleur est devenue du plaisir. Plus je me relaxais, plus nous étions en phase.

– Est-ce que ça va ? a demandé Aiden sans bouger un muscle.

J'ai hoché la tête, souriant devant la douceur dont il faisait preuve pour répondre à tous mes besoins.

Mais plus il restait à l'intérieur de moi, plus j'en étais sûre…

Ma chatte n'était pas en porcelaine.

– Tu as dit que tu allais me faire crier jusqu'aux cieux, j'ai grogné avec sensualité. Alors, vas-y, Alpha, montre-moi de quel bois tu te chauffes.

Les lèvres d'Aiden se sont retroussées en un sourire mauvais qui m'a presque fait regretter mes mots.

Presque.

Il s'est retiré avant de s'enfoncer à nouveau durement.

J'ai poussé un cri en le sentant encore plus loin en moi. Mon sexe de plus en plus mouillé l'acceptait avec ferveur, il s'est mis à bouger de plus en plus vite. Mais ce n'était toujours pas assez. Alors je l'ai attrapé par les épaules et j'ai roulé au-dessus de lui.

Maintenant, je le chevauchais, contrôlant le rythme. J'ai relevé mes cheveux et j'ai tournoyé aussi vite que possible, m'assurant qu'il puisse entendre à quel point je m'amusais.

C'était comme si la friction entre nous était assez forte pour m'enflammer.

Ce feu à l'intérieur n'était pas juste en train d'être nourri, il dévorait tout sur son passage. Comme une mer de flammes en furie.

– Merde, Sienna, a gémi Aiden, et j'étais en symbiose avec lui.

– Oh, mon… DIEU, j'ai crié alors qu'une sensation entourait tout mon corps comme une explosion.

Les lumières devant mes yeux clignotaient comme des feux d'artifice et je sentais que j'aurais pu m'évanouir.

Aiden a attrapé mes hanches et s'est retiré, sa semence fendant les airs comme un geyser.

Je me suis effondrée à ses côtés, essoufflée et essayant de comprendre l'euphorie que je venais de vivre.

Il a pris ma main dans la sienne et l'a portée à sa bouche, l'embrassant tendrement.

– Tu es incroyable, a-t-il dit.

Nous nous sommes tournés sur le côté et avons plongé nos regards l'un dans l'autre. Tout semblait en phase.

– Je t'aime, ai-je dit, le souffle court.

– Je t'aime plus que tout, a-t-il répondu sur le même ton. Je n'ai même pas eu besoin de t'emmener jusqu'au paradis… tu *es* le paradis.

Ses yeux vert doré papillonnaient dans la lumière tamisée, remplis d'adoration, et moi, je me demandais comment je m'étais retrouvée là. Compagne de l'Alpha.

Je me voyais comme une fille tout à fait banale, mais Aiden…

Il me voyait comme une déesse.

Et j'avais tellement hâte de débuter le reste de ma vie avec lui.

***

Quand je me suis réveillée le matin suivant, je ressentais toujours l'extase de la nuit précédente avec Aiden.

Mon corps me faisait mal, mais d'une bonne façon. *Est-ce que je vais être capable de marcher à nouveau un jour ?*

Je me suis tournée pour voir ce qu'Aiden était en train de faire et j'ai été surprise de trouver sa place vide.

Où est-ce qu'il a bien pu partir ?

Mon téléphone a vibré sur la table de chevet et j'ai tendu la main pour l'attraper. Mon cœur s'est coincé dans ma gorge quand j'ai vu que c'était un message d'Aiden.

Aiden : J'ai une surprise pour toi.
Aiden : Rejoins-moi au 121 Furtaugh Ave.
Sienna : Une surprise ??
Aiden : En combien de temps peux-tu arriver ?
Sienna : Je suis en route !

Aiden

Je me tenais dehors, attendant avec anxiété l'arrivée de Sienna. J'avais trop hâte de voir sa réaction à ma surprise. Elle s'est garée devant et je me suis approché pour lui ouvrir la porte.

– Salut, a-t-elle dit, les yeux brillants, en me sautant au cou.

– Salut, mon amour.

J'ai attrapé sa main et l'ai guidée jusque devant la façade. C'était une boutique vide. Le disquaire qui tenait les lieux venait juste de plier bagage. Un de mes amis qui travaillait dans l'immobilier m'en avait parlé. Il savait que j'étais à la recherche d'un espace.

J'ai ouvert la porte pour elle et l'ai observée, ses yeux se sont agrandis en découvrant les murs blancs et le sol en plancher.

– Qu'est-ce que c'est ?

– C'était un magasin de disques, ai-je dit. Le propriétaire vient de prendre sa retraite et a mis le local en vente.

– Et… quoi ? On va faire un pique-nique ici ?

Je l'ai entourée de mes bras et l'ai attirée contre moi, en me penchant pour lui embrasser la joue.

– On peut tout à fait faire un pique-nique si ça te dit…

Elle s'est tournée pour que nous soyons face à face.

– Aiden Norwood, qu'est-ce que nous fichons ici ?

J'ai plongé mon regard profondément dans le sien, tentant de dissimuler le sourire qui pointait à mes lèvres.

– Sienna Mercer-Norwood, j'ai pensé que tu aimerais découvrir ta nouvelle galerie.

Sa bouche s'est arrondie pour former un « o », mais aucun mot n'en est sorti. Puis, comme si elle venait à peine de réaliser ce qui l'entourait, elle s'est retournée vers moi, les yeux toujours écarquillés.

– J'ai pensé que cet endroit ferait un meilleur atelier que le bord de la rivière, ai-je dit, moqueur.

Elle a couiné, et je n'aurais pas imaginé que sa voix puisse monter si haut, puis elle a couru en rond dans toute la boutique pour examiner chaque mur avant de passer au suivant.

Quelque chose à l'intérieur de moi s'est gonflé, une chose faite de joie et d'amour, de passion et de complicité, comme si mon cœur venait à peine de se mettre à battre, à battre vraiment, pour la première fois.

Puis elle s'est approchée de moi.

–Je n'arrive pas à croire que tu aies fait ça… pour moi, a-t-elle dit.

–Je ferais n'importe quoi pour toi.

Je l'ai attrapée et embrassée parce que ce jour n'aurait vraiment pas pu être plus beau.

Sienna

J'étais tellement excitée par la nouvelle galerie qu'Aiden avait insisté pour me laisser du temps pour m'y habituer seule.

Il voulait certainement s'éloigner de mes couinements.

J'avais déjà fait un arrêt chez mes parents pour récupérer mes carnets à dessin et mes tubes de peinture dans leur garage. Il m'avait servi de studio jusqu'ici, mais maintenant…

–J'ai ma propre putain de galerie, ai-je dit tout haut, à l'adresse de personne en particulier.

Je ne pouvais toujours pas croire que c'était réel.

J'ai pris un de mes vieux carnets et j'ai commencé à en parcourir les pages pour voir si au moins un dessin avait véritablement du potentiel.

J'ai souri en découvrant une esquisse d'un bel homme musclé ayant l'air d'avoir le poids du monde sur ses épaules.

C'était la première fois que j'avais rencontré Aiden.

J'ai repensé à ce jour près de la rivière. Le jour qui avait tout changé. Maintenant, tout était différent, mais j'avais l'impression que tout s'était déroulé comme prévu.

Quand j'ai tourné la page, mon cœur s'est arrêté.

C'était *l'autre* dessin que j'avais réalisé ce jour-là. La vision hantée, sexuelle, qui avait été suspendue au-dessus de moi comme un nuage sombre. Mais quand je le regardais maintenant, le dessin ne me remplissait plus d'effroi, à la place, j'étais apaisée.

J'ai pensé à Emily et j'ai senti les larmes perler dans mes yeux. J'avais enfin trouvé une issue à ce passé. Je savais qu'Emily serait fière de moi. J'espérais que, peut-être, elle était là-haut, à me surveiller. Peut-être que je pouvais partager un peu de ma paix avec elle.

J'ai essuyé mes larmes et attrapé un crayon, puis j'ai tourné une page pour en trouver une vierge.

Un nouveau commencement.

Alors que j'étais assise dans ma galerie, à regarder mon crayon couvrir la page de mouvements abstraits, j'ai été prise d'un nouveau genre de détermination. Qui n'était pas nourrie de souvenirs traumatiques, de regrets ou du jugement d'autrui.

Non, cette nouvelle détermination concernait mon avenir.

J'avais une galerie à remplir – ma propre galerie, avec des murs si blancs qu'ils hurlaient de possibilités. Alors je me suis promis que je serais là, à dessiner tous les matins, jusqu'à ce qu'il n'y ait plus un espace libre dans cette galerie.

J'ai soudain senti une rafale de vent me frapper, mais la sensation de froid qui l'accompagnait est restée bien longtemps après que le souffle était passé. *Est-ce que j'ai laissé la porte ouverte ?* C'est alors que j'ai regardé sur la gauche, et que je l'ai aperçue.

La femme aux yeux violets.

Elle était de retour.

– Bonjour, Sienna.

Elle s'est avancée vers moi, chacun de ses mouvements était plus gracieux que le précédent.

– Vous ne m'avez jamais confié votre nom, j'ai répondu, sur la défensive.

Quelque chose dans le fait d'être accouplée avec l'Alpha me rendait plus confiante.

– C'est Ève, a-t-elle dit, les yeux brillants. Tu étais magnifique à ta cérémonie d'union.

– Vous étiez là ?

Elle s'est contentée de sourire. Bien sûr, elle était là. Elle était partout. Mais j'avais posé la mauvaise question…

– Pourquoi êtes-vous *là maintenant* ?

– Je suis sur le départ. Mais je voulais te prévenir des dangers à venir, puisque c'est moi qui t'ai placée sur ce chemin, a-t-elle répondu de manière sibylline.

– Me prévenir ? Quel chemin ?

– Le chemin vers la vérité concernant tes parents biologiques.

J'ai été assommée, rendue silencieuse par sa réponse, mais Ève continuait de parler.

– Fais très attention à qui tu fais confiance. Certains n'ont pas que de bonnes intentions à ton égard.

– Comme qui ? ai-je demandé, mais Ève était déjà à la porte. Comment trouver la vérité ?

– Toi seule peux trouver la réponse, Sienna. Tu pourrais même te rendre compte que la réponse est déjà en toi.

Sur ces mots, Ève a disparu, me laissant plus confuse que jamais.

Quand mes yeux se sont reposés sur mon carnet, cette confusion s'est transformée en un pressentiment. L'esquisse abstraite sur laquelle j'avais travaillé avant l'intrusion d'Ève était maintenant claire comme de l'eau de roche.

Une figure ombrageuse avec des crocs allongés.

Un vampire.

À suivre